KB124820

나로 만든 집

나로 만든 집

박영란
장편소설

차 례

1장

1

혼자 감당하기 힘든 순간이 다가오면 꼭 필요한 말과 행동만 해야 한다. 말은 침묵보다 나을 때만 꺼내고, 행동에는 의도가 선명하게 드러나야 한다.

그해 여름, 내가 의지할 데라고는 조부모님이 해 주신 이 말뿐이었다.

할머니가 돌아가신 뒤에 나는 입을 닫았다. 굳이 말할 필요가 없는 일이 생기거나 무슨 말을 해야 할지 알 수 없을 때는 내 생각을 드러내지 않았다. 고모가 집 문제를 꺼냈을 때도 나는 입을 다물고 있었다. 하지만 그날은 고모도 물러설 것 같지 않았다.

“집은 이제 처분해야지?”

말을 꺼내 놓고 고모가 백미러로 내 반응을 살폈다. 순지와 삼촌도 내 눈치를 봤다. 나는 고개를 숙이고 펼친 손바닥을 내려다보았다. 내 생각을 분명히 드러내야 하는 순간이었다.

나는 한 마디도 흘리지 않게끔 정확하게 말했다.

“할아버지와 할머니가 남기신 유언대로 할 겁니다.”

“유언?”

삼촌이 코웃음 치며 나를 힐끔 보더니 말을 이었다.

“다 낡아 빠진 집을 가지고 유언 지켜서 뭐 하게? 그 집 팔고 어디 적당한 데로 옮겨! 그게 너한테도 좋아.”

삼촌은 집 문제를 더는 얘기하고 싶지 않다는 듯 자기 무릎을 손등으로 탁 털었다. 나는 삼촌 쪽으로 어깨를 약간 틀고 삼촌의 눈을 바라보았다. 그러자 삼촌도 내 눈을 똑바로 마주쳤다.

늦은 오후의 햇살이 삼촌 얼굴을 향해 쏟아지고 있었다. 노골적인 석양빛이 그 얼굴의 주름과 자잘한 기미까지 고스란히 보여 주었다. 삼촌 얼굴을 그렇게 자세히 본 적은 처음이었다. 마치 생전 처음 보는 얼굴 같았다. 모르는 사람보다 더 낯선 얼굴에 나는 순간적으로 두려움을 느꼈다. 나도 모르게 기어 들어가는 목소리로 말했다.

"그 집은 할머니와 할아버지가 저한테 남기신 겁니다."

삼촌이 턱을 약간 들어 올리고는 나를 내리찍듯이 노려보면서 말했다.

"넌 아직 어려서 뭐가 뭔지 몰라. 그냥 시키는 대로 해!"

나는 잠시 묵묵히 삼촌을 바라보았다. 대꾸할 말이 떠오르지 않았다. 결국 단순한 사실을 알리려고 애썼다.

"그 집은 내 집입니다."

"어차피 그 동네는 가망 없어. 이참에 팔아서……."

나는 삼촌의 말을 끊었다.

"팔지 않을 겁니다."

"그건 내 집이야!"

삼촌이 고함쳤다.

앞자리에 앉은 고모와 순지는 숨을 죽이고 있었다. 고모는 나를 도와주지 않을 테고, 순지는 도울 수 없었다. 내 일을 해결할 사람은 나뿐이었다. 하지만 당장 어떻게 해야 할지 마땅한 생각이 떠오르지 않았다.

삼촌이 흥분을 가라앉히지 못하고 다시 큰소리쳤다.

"그 일은 다 어른들이 알아서 해!"

마치 내 생각 따위는 상관없다는 듯한 태도였다. 삼촌은 뜻대로 되지 않으면 감정을 무섭게 쏟아 내서 상대를 겁주는 습성이 있었다. 삼촌의 방식이 익숙한데도 나는 번번이 겁을 먹었다. 그렇지만 겁먹었다는 사실을 감추려 목소리를 낮추고, 사실을 정확하게 알리는 데만 집중했다.

"그 집에 관한 한 삼촌은 아무 권리가 없습니다."

그러자 차 안에 침묵이 감돌았다.

할아버지와 할머니는 나에게 어떤 법적 권리가 있는지 정확하게 알릴 줄 알아야 한다고 했다. 상대에게 권리가 없다는 점을 같은 방식으로 알릴 줄 알아야 한다고도 했다. 나를 곤경에 빠트릴 가장 가까운 상대는 삼촌이었다.

삼촌이 침묵을 깨고 나섰다.

"너, 그게 무슨 뜻인지 알고 하는 말이냐?"

"다른 사람이 내 재산을 마음대로 할 수 없다는 뜻입니다."

"얘가 무슨 말 하는지 알아듣겠어?"

삼촌이 돌연 고모를 향해 소리쳤다.

"나도 자세히는 모르지. 아버지 살아 계실 때 경주한테 집을 증여했다는 것만 알아. 그래도 오빠가 장손이고 경주는 아직 미성년자니까, 오빠가 하고 싶은 대로 할 수 있지 않겠어?"

고모가 핸들을 크게 돌려 골목으로 들어서면서 별일 아니라는 듯 말했다.

고모 말에 내가 답했다.

"법적으로 그 집은 삼촌이 마음대로 할 수 없게 되어 있습니다."

"넌 그런 말투를 어디서 배운 거니?"

백미러로 뒷자리를 노려보던 고모가 한마디 던졌다. 내가 입을 다물고 있자 고모는 조금 누그러진 목소리로 말을 이었다.

"아무리 그래도 삼촌이야. 작은아버지. 넌 아직 보호자가 필요한 나이잖니. 이제 할머니도 안 계시는데……."

그때 삼촌이 고모 말을 자르고 나섰다.

"누가 뭐라 해도 난 이 집안 장손이고, 전에는 생활비도 보탰어."

고모가 차를 세웠다. 집 앞이었다.

차 문을 열고 내리면서 얼른 인사를 건넸다.

"안녕히 가세요."

따라 내리려던 삼촌이 멈칫했다. 고모가 뒤돌아보자 삼촌이 신경질적으로 손을 내저었다. 그냥 가자는 뜻이었다.

고모가 차창 밖을 내다보며 물었다.

"혼자 괜찮겠어?"

고모는 잠시 나를 올려다보다가 한숨을 쉬면서 중얼거렸다.

"어쨌든 오늘은 고생했다. 들어가서 좀 쉬어."

고모 뒤로 손을 흔드는 순지가 보였다. 나는 순지에게 손을 한 번 들어 올렸다가 내렸다.

2

고모 차가 골목을 완전히 빠져나갔는지 확인하고 대문을 열었다. 안에 들어서자마자 대문을 꾹 눌러 닫고 돌아서서 숨을 크게 들이쉬었다. 라일락꽃 향기가 한꺼번에 터지듯 쏟아져 내렸다. 정원 한쪽 담장을 둘러친 라일락 나무들은 이 집을 지을 때 심었다고 들었다. 내가 태어나기 훨씬 전부터 자라기 시작한 라일락들은 서로 뒤엉켜 군락을 이루고 있다. 그리고 5월이 되면 꽃향기를 뿜어낸다.

할아버지와 할머니만 사라지고 다른 모든 것은 그대로였다. 긴장이 풀려서인지 몸이 떨렸다. 현관까지 겨우 걸어가 열쇠를 넣고 돌렸다. 현관문을 열고 들어서자 할머니 냄새가 났다. 할아버지가 먹던 은단 냄새도 아직 희미하게 남아 있는 듯했다. 나는 할머니가 쓰던 작은방으로 곧장 걸어갔다. 안방을 쓰던 할머니는 할아버지가 돌아가신 뒤 내가 어릴 때 쓰던 작은방으로 옮겼다.

"우리 경주가 스무 살이 될 때까지는 내가 살아야 할 텐데. 스무 살만 돼도 마음을 좀 놓을 텐데. 내가 있어야지. 우리 경주가 스무 살이 될 때까지…… 그때까지만."

할머니는 스스로 다짐하듯 중얼거리곤 했다.

할아버지가 돌아가시자 할머니는 하루가 다르게 노쇠해져 갔다. 겨우 몇 달 만에 완전히 다른 사람처럼 늙어 버렸다. 치매까지 들이닥쳤다. 그렇게 1년 동안을 할머니는 죽은 것도 산 것도 아닌 상태로 버텼다.

어느 날 학교에서 돌아오니 정원에 할머니가 쓰러져 있었다. 구급차에 실려 간 할머니는 일주일 뒤에 병원에서 돌아가셨다.

할머니 장례를 치르는 동안 삼촌은 집 문제를 입에 올리지 않았다. 그러다가 사십구재를 치른 날 바로 집 얘기를 꺼낸 것이다.

주방은 할머니가 쓰던 물건들로 가득했다. 무질서해 보이지만 할머니가 정한 질서에 따라 모든 게 있어야 할 자리에 있었다. 1년 동안 치매 때문에 그 질서가 조금 헝클어지기는 했지만, 오래된 질서는 생각보다 견고했다. 깜깜한 밤에 불을 켜지 않아도 뭐가 어디에 있는지 찾을 수 있을 정도다. 할아버지의 질서도 그대로 남아 있다. 집 안 구석구석에 배어 있는 질서를 아는 사람은 할머니와 할아버지 그리고 나, 오직 셋이었다. 그 질서를 아는 사람은 이제 나 하나만 남았다.

할아버지가 있을 때는 삼촌도 집을 팔자는 말을 함부로 입에 올릴 수 없었다. 하지만 할아버지가 돌아가시자 삼촌은 할머니를 몰아붙였다. 집을 팔아야 한다고 위협했다. 할머니는 그런 삼촌 말을 들은 체도 하지 않았다. 할머니가 할 수 있는 제일 나은 방법은 무시하는 것뿐이었다. 할머니가 무시하면 삼촌은 화를 터트렸다. 그리고 집을 뛰쳐나갔다. 발을 쿵쿵 굴리면서 걸어 나가는 삼촌 뒷모습을 할머니와 나는 견뎌야 했다.

삼촌이 어떻게 하려 들지는 뻔했다. 삼촌은 나를 두려워하지 않는다. 그래서 두려웠다. 삼촌이 할아버지나 할머니에게 그랬듯 나를 신경 쓴다면 나에게 함부로 하지 못할 것이다. 그렇지만 삼촌에게 나는 두려운 상대가 아니었다.

갑자기 배 속 저 깊은 곳에 숨어 있던 공포가 퍼져 나왔다. 나는 그만 주저앉았다. 얼마나 그렇게 넋을 놓고 있었는지 모르겠다. 등이 서늘해지면서 추위를 느끼고서야 일어섰다.

3

초인종 소리가 계속 울리고 있었다. 꿈이 아니라는 것을 의식한 순간 나는 눈을 떴다. 벽에 걸린 시계를 보니 5시였다. 오전인지 오후인지 분간할 수 없었다. 방문을 열고 나와서야 오후라는 것을 알았다. 정신없이 잠에 빠져들어 있었다. 꼬박 하루 동안 잔 셈이었다.

다시 초인종 소리가 울렸다. 조금 전보다 다급하게 누르는 소리였다. 서둘러 현관 쪽으로 가서 모니터를 보니 삼촌이었다. 심호흡을 하고 버튼을 눌렀다.

삼촌이 빠르게 걸어 들어와 현관 아래 계단을 오르자 나는 현관문을 열었다. 문을 활짝 열고 손님을 맞이하듯 입구에 서서 기다렸다. 삼촌이 손님이라는 사실을 알리고 싶었다. 그런데 삼촌 걸음은 굉장하리만큼 당당했다.

"지내기 어떠냐?"

현관 안으로 거침없이 들어서면서 삼촌이 물었다. 나는 바로 되물었다.

"뭐가요?"

"집에 혼자 있으니까 무섭지 않았냐는 말이지."

나는 답하지 않았다.

삼촌이 나를 노려보았다. 왜 그러는지 짐작이 갔다. 삼촌은 혼자 지내는 내가 정말 걱정되어 물어봤다기보다 집 문제를 들먹이기 위한 포석을 깐 것이다. 그런데 내가 삼촌 생각을 다 안다는 듯 입을 다물고 있으니 화가 났을 것이다. 그게 아니라면 내 태도 때문일지도 모른다. 나는 삼촌을 철저하게 손님으로 대하고 있었다.

나는 삼촌 시선을 피하지 않았다. 삼촌 눈은 마주 보기 쉽지 않다. 불한당과 천진한 아이, 둘 중 어느 쪽이 불쑥 튀어나올지 알 수 없는 눈빛이었다. 하지만 어느 쪽이건 겁먹으면 안 된다. 내가 겁먹었다는 낌새라도 눈치챈다면 삼촌은 자기 마음대로 하려 들 게 뻔하다. 초대하지 않은 방문자를 대하는 태도를 유지하는 것이 최선이었다.

삼촌도 어렴풋하게나마 내 생각을 알아챈 모양이었다.

집 안을 한 번 휘 둘러보더니 주방 쪽으로 성큼 걸음을 옮겼다. 나는 몸으로 길을 막으며 알렸다.

"이쪽으로 앉으세요."

"뭐?"

삼촌이 움찔거리며 멈춰 서서 나를 보았다. 약간 당황한 듯했다. 나는 삼촌을 막아선 채 거실 소파를 가리키면서 다시 알렸다.

"이쪽이요."

삼촌이 뭔가를 생각하더니 소파로 방향을 틀었다. 그렇다고 소파에 가서 앉지는 않았다. 멀찍이 서서 정원을 내다보았다.

"저놈의 나무들 좀 파내 버리라고 했건만. 나무가 너무 무성하면 집을 잡아먹는다고 그렇게 말했는데……, 쯧."

삼촌은 풍경을 내다보며 툴툴거리고는 탁자와 소파 사이를 지나 거실 창 가까이 다가섰다. 정원에 늦은 오후 햇살이 일렁이고 있었다. 바람도 약간 불었다. 늘어진 나뭇가지들이 천천히 흔들렸다.

"여긴 예나 지금이나 시간이 멈춘 것 같네. 도낏자루 썩는 줄 모르겠어. 참 나."

삼촌이 혀를 몇 번이나 찼다.

"앉으세요. 차라도 내올까요?"

내가 말하자 삼촌이 나를 돌아보면서 물었다.

"저녁은 먹었냐?"

"생각 없어요."

"뭐 먹을 거 없나?"

삼촌이 다시 주방 쪽으로 몸을 돌렸다.

"빵을 좀 내올까요?"

내가 저지하자 삼촌이 귀찮다는 듯 소파에 털썩 앉았다.

"그럼 뭐라도 가져와 봐."

나는 주방으로 천천히 걸어 들어갔다. 하지만 막상 주방에 들어가서는 재빠르게 움직였다. 전기 포트에 물을 부어 버튼을 눌러 놓고 카스텔라를 꺼내 두 조각 두툼하게 썰어 접시에 담았다. 한 조각 더 썰까? 잠시 망설였다. 하지만 두 조각이 적당할 것 같았다. 그 정도 시간만 허용한다는 표시이기도 했다. 물이 끓자 컵에 붓고 홍차 티백 포장을 벗겨 걸쳤다.

쟁반을 들고나오는 나를 삼촌이 쳐다보고 있었다. 그 표정이 무슨 의미인지 읽어 내기가 힘들었다. 함께 살아 본 적이 없는 사람의 표정을 가늠하기란 쉽지 않다. 그래서 나는 더욱 할머니가 알려 준 대로만 행동했다. 무엇보다도 속을 내보이지 않아야 한다. 빌미를 보였다가는 삼촌이 당장 물고 늘어질 거라고 할머니는 말했다. 삼촌은 철부지 어린애처럼 말하고 행동하지만 무섭도록 끈질긴 일면도 있는 사람이었다. 할아버지나 할머니에게서 돈을 가져가는 일에는 더 그랬다.

삼촌이 접시를 내려다보았다. 카스텔라는 고모가 우리 집에 갖다 둔 거였다. 고모는 프랑스 파리까지 가서 빵 굽는 법을 배워 왔다고 들었다. 고모가 프랑스 파리에서 지내다 오기는 했지만, 빵 만드는 법을 배운 건 아니고 유명하다는 빵집 순례 정도는 했을 거라고 삼촌은 빈정대곤 했다. 아무튼, 고모는 파리에서 돌아와 정통 프랑스식 빵 가게를 차렸다. 고모는 직접 빵을 굽지는 않았고, 얼마 안 가서 가게를 접고 프랜차이즈 빵집을 차렸다. 고모가 우리 집에 올 때마다 갖가지 빵을 잔뜩 싸 들고 온다는 것 외에 자세한 사정은 모른다.

나는 쟁반을 탁자에 올려놓고 삼촌 건너편에 앉았다. 삼촌이 자세를 고쳐 앉더니 홍차 티백을 흔들면서 말했다.

"할머니도 돌아가시고 이 큰 집에 혼자 있으면 무섭지 않냐."

"걱정하지 않으셔도 됩니다."

"뭐?"

내가 정색하자 내 말을 못 알아들었는지 삼촌이 되물었다. 나는 다시 말했다.

"그런 걱정은 안 하셔도 됩니다."

순간, 삼촌이 모든 동작을 멈췄다. 긴장한 나를 빤히 바라보던 삼촌이 픽 웃었다. 그러고는 홍차 티백을 건져 내면서 말했다.

"나한테 서운한 거 알아. 이제 와서 이런 말이 어떨지 모르겠지만, 나도 네 걱정 많이 하면서 살았어."

나는 삼촌을 정면으로 바라보았다. 삼촌 이마는 평평한 편이었다. 좀 밋밋했다. 차라리 대머리면 더 나았을 이마였다. 가만히 살펴보니 삼촌의 얼굴뿐 아니라 삼촌 자체가 낯설었다. 그렇지만 저 얼굴, 저 몸, 저 동작들 가운데 어떤 모습은 나에게도 있을 것이다. 차라리 다행이었다. 삼촌에게 많은 부분을 배웠다는 티를 내면 되니까. 어느 정도는 유전자를 공유하고 있으니 나 역시 삼촌처럼 못된 생각을 하고 있다는 암시를 주고 싶었다. 삼촌은 심상치 않은 내 시선을 느꼈는지 말없이 홍차를 홀짝였다.

삼촌이 찻잔을 내려놓더니, 작정한 듯 짧고 경쾌하게 말했다.

"이 집 팔자."

"삼촌 집이 아닙니다."

"그러니까 내가 이렇게 부탁하는 거 아니냐!"

"저는 이 집에서 살아갈 겁니다. 여기서 살다가 여기서 죽을 겁니다. 할아버지와 할머니 유언대로 할 겁니다."

삼촌이 벌떡 일어섰다. 그 통에 찻잔이 쓰러지면서 홍차가 쏟아졌다.

"말귀 못 알아듣냐? 오늘은 바빠서 이만 간다만, 다음에 올 땐 그냥 가지는 않을 거다."

삼촌이 발소리를 쿵쿵 내면서 현관 쪽으로 걸어 나갔다. 간격을 두고 뒤따라 나가 현관문 앞에 서서 삼촌의 뒷모습을 바라보았다. 삼촌은 전에도 그랬듯이 뒤돌아보지 않고 걸어가 대문을 힘껏 열어젖히고 나갔다.

나는 뛰다시피 걸어 나가 부르르 떨리는 대문을 잡았다. 그리고 꾹 눌러 닫았다. 그래야 제대로 닫히는 문이었다.

4

할머니와 할아버지와 나, 셋이 살던 집에 이제는 나 혼자였다. 고모나 삼촌 말대로 집을 팔고 적당한 아파트로 옮기는 편이 나을지도 모른다. 하지만 이 집에 할머니와 할아버지가 없다는 현실을 그런 식으로 피하기는 싫었다.

어두워지면 할머니가 그러던 것처럼 집 안의 문들을 단속했다. 집에 가족이 여럿 있는 것처럼 2층과 1층 방 한 곳에 불을 밝혀 두는 일도 잊지 않았다. 그러고는 감정이 없는 사람처럼 안방 책상에 붙어 앉아 문제집을 풀거나 책을 읽었다. 자정이 지나면 침대로 들어갔다. 할머니가 돌아가셨다는 사실이 여전히 실감 나지 않았다.

삼촌이 다녀간 지 일주일쯤 지난 어느 날이었다. 학교에서 막 돌아왔는데 초인종이 울렸다. 현관 모니터를 보니 삼촌이었다. 나는 숨을 한 번 크게 쉬고 버튼을 눌렀다. 그런 다음 현관문을 활짝 열어 두고 삼촌이 걸어 들어오는 모습을 지켜보았다. 삼촌은 노란 비닐봉지를 흔들면서 들어왔다. 사거리 도시락 가게 포장 봉투였다.

"학교는 갔다 왔냐?"

신발을 벗어 던지고 들어서면서 삼촌이 물었다.

"네."

나는 간단하게 답했다. 삼촌은 잠시 집 안을 두리번거리더니 곧장 소파로 가서 앉았다. 그리고 셔츠 소매를 걷어 올리고는 봉지 안에 든 도시락을 주섬주섬 꺼냈다.

“저녁 아직 안 먹었지?”

놀랍도록 부드러운 목소리였다. 나는 삼촌 건너편에 앉았다. 일주일 전과 같은 위치였다. 삼촌이 도시락 뚜껑을 열어 내 앞으로 밀었다. 반찬이 무려 열두 가지나 되는 ‘골드 도시락’을 물끄러미 내려다보았다. 사거리 도시락 가게라면 잘 알고 있다. 이 집 도시락 중에서 화려하기만 하고 가장 실속 없는 게 바로 ‘골드 도시락’이었다.

“먹자.”

삼촌이 양손으로 도시락을 가리키면서 나에게 권했다. 그리고 나무젓가락을 쪼개는 나를 보더니 갑자기 일어섰다. 내가 올려다보자 삼촌은 머뭇거렸다.

“물 좀 가져오려고.”

나는 바로 일어섰다. 그리고 주방 쪽으로 막 몸을 돌리려는 삼촌 팔을 잡았다.

“제가 가져올게요.”

삼촌이 내 손에서 팔을 뺐다. 그리고 나를 뚫어지게 보다가 다시 소파에 풀썩 앉았다. 삼촌이 노려보는 시선을 뒤로하고 천천히 주방으로 들어갔다.

냉장고에서 생수병 하나를 꺼냈다. 할머니가 있을 때 넣어 둔 생수병이 여태 있었다. 할머니는 물을 냉장고에 넣지 말라고 했다. 찬물을 갑자기 마시면 몸이 놀라고, 그게 거듭되면 몸이 상한다고 했다. 하지만 나는 찬물이 아니면 물을 마신 것 같지 않았다. 그래서 할머니 몰래 생수병을 냉장고에 넣곤 했다. 냉장고에 넣어 둔 지 몇 달째지만 뚜껑을 따지 않았으니 마셔도 괜찮을 것이다.

나는 생수병과 컵 두 개를 들고나오면서 삼촌 등을 바라보았다. 그러고 보니 삼촌은 일주일 전과 똑같은 검정 셔츠 차림이었다. 물이 담긴 컵을 자기 앞으로 잡아끌면서 삼촌이 슬며시 웃었다. 뭐가 삼촌을 웃게 했을까. 나는 못 본 체하며 나무젓가락을 들었다.

"이 집에서 오래 살았지?"

삼촌이 입 안에 든 음식을 우물우물 씹으며 물었다. 삼촌이 무슨 말을 꺼내려는지 예상할 수 있었다. 집을 입에 올렸으니 집을 팔자는 말을 하리라고 생각했다. 그런데 삼촌은 아주 오래전 이야기를 꺼냈다.

"하기야, 이 집에 널 데려왔을 때 네가 세 살이었잖아. 그때 형이……."

"그 이야기 들었습니다."

우리 부모님 이야기를 삼촌 입으로 듣고 싶지 않았다. 엄마 아빠는 내가 세 살 무렵 교통사고로 세상을 떠났다. 나를 고모네 집에 맡겨 두고 두 분만 급히 어딘가로 가다가 당한 사고였다고 들었다.

"뭐, 어쨌거나 이 집은 너무 낡아서 별 값어치도 없어. 새로 집을 지어 올릴 사람이나 사려 들겠지. 그나저나 임자가 얼른 나서야 할 텐데."

"집 이야기라면 그만하세요."

"네 마음 모르는 거 아니다. 할머니 돌아가신 지 얼마 되지도 않았으니 이 집을 떠나고 싶지 않겠지."

"그만 돌아가 주세요."

그러자 삼촌 목소리가 불쑥 높아졌다.

"팔아서 나 혼자 잘 먹고 잘 살겠다는 게 아니잖아!"

나는 일어섰다. 그리고 삼촌이 현관 쪽으로 나가게끔 길을 터 주었다.

"지금 나더러 당장 이 집에서 나가라는 뜻이냐?"

삼촌이 헛웃음을 내뱉었다. 그리고 화난 얼굴로 돌변하더니 탁자 다리를 퍽 차면서 일어섰다. 순간 움찔했지만 놀란 티를 내지 않으려고 애썼다.

"우리 엄마는 날 싫어하지 않았어."

삼촌이 나를 보면서 말했다. 화를 참는 티가 역력했다.

"우리 아버지도 날 싫어하지 않았어!"

나는 대답하지 않았다.

할아버지는 삼촌을 싫어하지 않았다. 할아버지와 삼촌 사이에는 오직 둘만 알 수 있는 감정이 존재했다. 할아버지는 삼촌이 억울한 마음을 품고 있다고 생각했다. 그 마음이 할아버지를 향하는지 세상을 향하는지는 모르지만, 그 때문에 삼촌이 일부러 일을 망친다며 걱정한 적이 있다. 할아버지는 그런 삼촌을 엄하게 대하면서도 측은하게 여겼다. 하지만 굳이 삼촌에게 그런 얘기를 할 필요는 없었다.

"두 분은 그냥 나한테 화가 좀 났을 뿐이야. 홧김에 이 집을 일단 너한테 넘기신 거라고. 숨은 뜻을 제대로 알아야지."

삼촌이 어린애 같은 말을 퍼부었다.

"그럼 두 분이 살아 계실 때 와서 화해했어야지요. 삼촌은 할머니가 돌아가시기만을 기다렸어요. 할머니가 없으면 맘대로 할 수 있을 거라고 생각하면서요. 할머니는 삼촌이 무슨 생각을 하는지 다 알고 계셨어요."

"아, 그래?"

삼촌이 비웃으면서 물었다. 나는 얼굴을 굳힌 채 삼촌을 바라보았다.

"그나저나 피곤하다. 너 불편할까 봐 내가 이 집 말고 모텔에서 지내는 거 너도 알지? 모텔 생활 힘들어."

갑자기 긴장을 풀고 불만을 토로하듯 중얼거리는 삼촌을 나는 그저 건너다보며 서 있었다. 멍해지는 기분이었다.

삼촌이 말을 이었다.

"바쁜 일 다 접어 두고 왔다 갔다 하는 거야. 이 노릇도 쉽지 않다고."

"집은 안 팝니다."

내가 할 수 있는 말은 그것뿐이었다. 다른 생각은 떠오르지 않았다. 삼촌이 뒤집힌 신발을 발끝으로 굴려 끌어당기면서 신경질적인 투로 대꾸했다.

"두고 보자고."

현관문을 벌컥 열어젖히고 화가 나서 뛰쳐나가는 삼촌 뒷모습은 익숙했다. 내가 아주 어릴 때부터 보아 온 모습이었다.

5

골목에서 우연히 성이를 만난 날이었다. 우리는 별다른 인사 없이 나란히 걸었다. 성이와 나는 어릴 때부터 동네 친구였다. 성이 할머니와 우리 할머니도 한동네에서 몇십 년을 함께 살아온 친구 사이였다.

할아버지가 돌아가신 뒤 성이 할머니는 매일 우리 집에 와서 정원의 풀을 뽑고 푸성귀를 가꿨다. 할머니랑 나랑 같이 아침을 먹고 텃밭을 돌보는 성이 할머니를 저녁이 되면 성이가 모시러 오는 일이 반복되었다. 그러다 보니 성이와 나는 자주 저녁 시간을 함께 보냈다. 하지만 할머니가 돌아가신 뒤로는 좀처럼 만나지 못했다.

"우리 할머니도 요즘 건강이 안 좋으셔."

성이가 가방을 고쳐 메면서 할머니 소식을 알렸다.

"너희 할머니 돌아가신 날부터 거의 누워 계셔. 어르신들은 모른다더라. 언제 갑자기 쓰러지실지."

"우리 할머니도 할아버지 돌아가시고 나서 계속 힘들어 하셨어."

"우리 할머니는 할아버지 돌아가셨을 때도 이러지 않았어. 그런데 너희 할머니 가시고 난 뒤로는 기운을 못 차리

신다."

잠시 묵묵히 걷다가 성이가 다시 말을 꺼냈다.

"삼촌 오셨다면서."

나는 답하지 않았다. 그러자 성이가 다음 말을 이었다.

"걱정이겠다."

"그게 왜 걱정인데!"

나도 모르게 목소리가 커졌다.

"그야 네가 잘 알겠지."

성이 역시 뾰족하게 받았다.

삼촌이 어떤 사람인지는 성이도 알고 있었다. 성이 아버지와 우리 삼촌은 한때 친구였다. 그런데 우리 삼촌이 성이 아버지에게 큰돈을 빌렸다가 떼먹은 뒤로 사이가 멀어졌다. 삼촌이 갚지 못한 돈은 할아버지가 대신 갚았다. 이 문제 때문에 성이와 나는 더 이상 가까워지지 못했다. 성이 앞에서 나는 자주 주눅이 들었다. 우리 삼촌과 성이 아버지 사이에 벌어진 일이 나를 짓누르기 때문이었다.

내가 앞서 걷자 성이가 뒤따라오면서 물었다.

"집 판다는 말은 없었어?"

난데없는 질문에 걸음을 멈췄다. 성이가 내 옆에 멈춰서서 말을 이었다.

"할아버지 살아 계실 때부터 삼촌이 집 팔려고 난리 쳤잖아."

"집 안 팔아!"

성큼 앞서 나가면서 내가 소리쳤다.

"그게 어디 네 맘대로 되겠어? 삼촌이 팔자고 하면 팔게 되겠지."

"삼촌 맘대로는 못 해!"

소리친 바로 다음 순간, 우리 집 대문 앞 계단에 앉아 있는 삼촌을 발견했다. 삼촌도 내 목소리를 들었을 것이다. 하지만 모른 체 잠자코 앉아서 담배를 피웠다.

성이와 내가 대문 앞에 다가서자 삼촌은 피우던 담배를 휙 던지고 일어섰다. 대문 앞에는 검은색 캐리어가 손잡이를 한껏 빼 올린 채 세워져 있었다.

"나중에 보자."

성이가 답하면서 삼촌을 향해 고개를 까닥했다. 삼촌은 성이 인사를 건성으로 받고 계단을 한 칸 올라섰다.

성이가 멀어져 가자 삼촌이 중얼거렸다.

"많이 컸네."

삼촌이 성이를 기억하다니 신기했다. 1년에 한두 번, 아니면 몇 년에 한 번 집에 오는 사람이었으니까. 삼촌은 어쩌다 집에 오면 할아버지와 싸우거나 잠만 자다 갔다. 그런데 성이를 기억하다니. 성이는 어릴 땐 키가 작고 통통한 편이었는데, 중학생이 되면서부터 키가 쑥쑥 크더니 고등학생이 될 무렵에는 삼촌만큼 자랐다. 어릴 때와는 다르게 홀쭉해지기도 했다.

"제 아버지 클 때랑 똑같네."

삼촌이 중얼거렸다. 삼촌이 성이를 알아본 건 성이 아버지 때문이었다. 어쨌든 삼촌에게 성이는 옛 친구의 아들이었다.

"저놈이랑 무슨 사이냐?"

삼촌이 느닷없이 물었다. 내가 답하지 않자 삼촌이 다시 물었다.

"사귀고 뭐 그런 사이냐?"

"신경 안 쓰셔도 됩니다."

"어떻게 신경을 안 써. 자기 조카가 아무나하고 사귀는 걸 두고 볼 삼촌이 어딨어?"

"성이, 아무나 아닙니다!"

소리를 벌컥 지르고는 열쇠를 꺼내 대문을 열면서 캐리어를 내려다보았다. 삼촌이 내 눈치를 살피는가 싶더니 캐리어 손잡이를 잡으며 말했다.

"이제부터 집에서 지내야겠다."

삼촌 말에 답하지 않자 삼촌이 대문 안으로 들어서면서 버럭 소리를 질렀다.

"아버지나 마찬가지인 삼촌한테 태도가 그게 뭐냐?"

삼촌은 날 뭘로 생각하는 걸까? 조카라고 생각하기는 할까? 어떻게든 꼬드겨서 이 집을 팔게 만들 수 있는 만만한 상대로만 보이려나.

내가 걸음을 멈추자 삼촌도 따라 멈췄다. 나는 멈춰 선 채로 뒤돌아보지 않고 말했다.

"삼촌한테 더는 실망하기 싫습니다."

"나한테 실망했다는 거냐? 그건 우리 아버지가 나한테 하던 말인데, 이제는 조카가 하는구먼."

나는 현관을 향해 걸어가 열쇠 꾸러미에서 현관 열쇠를 골라 쥐었다.

"네가 뭐라 생각해도 나는 네 작은아버지야. 나도 널 키우는 데 힘을 보탰다는 것만 알아 둬라."

삼촌이 캐리어를 끌고 내 뒤를 바짝 따라오면서 투덜대며 말했다. 나는 현관문을 활짝 열어젖혔다. 그리고 삼촌에게 알렸다.

"2층 큰 방 쓰세요."

2층에는 방이 세 개 있었다. 그중 큰 방은 채광이 가장 좋았다. 하지만 그 방은 손님용이었다.

"내가 손님이라는 말이냐?"

삼촌도 그 방이 손님용이라는 사실을 알고 있었다. 나는 대답하지 않았다. 할머니 말마따나 삼촌은 손님보다 못했다. 손님은 적어도 돈을 내놓으라고 생떼를 쓰지는 않는다. 그런데 삼촌은 집에 올 때마다 할아버지와 할머니를 지치게 만드는 고약한 사람이었다.

"하필 2층 방이냐?"

삼촌이 1층 안방 쪽을 보면서 또 물었다. 안방을 쓰고 싶은 모양이었다. 1층에도 방은 세 개였다. 안방과 그 옆의 작은방 그리고 계단 아래 다용도실이나 마찬가지인 방이 있었다. 그 방은 방으로 치지 않았다.

안방은 집 안에서 가장 크고 환하다. 안방과 주방 사이에 있는 작은방은 라일락 군락이 창을 막고 있다. 어릴 때 내가 쓰던 방이기도 하다. 그 방이 어둡다는 사람도 있지만, 나에게는 세상에서 가장 아늑한 공간이다.

그 방에는 형광 별이 천장과 벽에 가득 붙어 있다. 내가 어릴 때 할머니가 붙여 둔 우주 은하단이었다. 밤이면 은하단 아래 누워 아스라이 사라져 가는 별들을 올려다보며 이런저런 공상에 빠지곤 했다. 그러다 내가 중학생일 때 방을 수리하고 형광 은하단을 다시 사다 붙였다. 지난번보다 별이 더 많고, 입체감까지 있는 방대한 은하단이었다. 그동안 별이 몇 개 떨어지기는 했지만, 여전히 빽빽한 은하단이 밤하늘처럼 펼쳐져 있었다.

할아버지가 돌아가신 뒤 할머니는 작은방으로 옮겼다. 혼자 쓰기엔 안방이 너무 넓다며 나에게 안방을 내주었다. 하지만 나는 책상만 안방으로 옮겼다.

"안방을 혼자 쓰면 무섭지 않겠냐?"

"뭐가 무서워요?"

"할머니가 쓰던 방이니까……."

"할머니가 쓰시던 방이 왜 무섭습니까?"

이번에는 삼촌이 안방 옆쪽을 턱으로 가리키면서 물었다.

"너는 원래 저 방을 쓰지 않았어?"

나는 삼촌이 가리킨 작은방을 바라보았다. 언젠가 저 방을 다시 쓸지도 모르지만, 당장은 아니었다. 나는 이제 어린애가 아니어야 한다. 내 곁에는 할아버지와 할머니가 없으니 혼자서 이 집을 감당해야 한다. 그러려면 안방을 써야 한다. 안방은 주인이 쓰는 거라고 할머니가 몇 번이나 말했으니까.

"작은방은 창고처럼 쓴 지 한참 됐어요."

그러자 삼촌이 중얼거렸다.

"창문 앞에 나무들을 좀 베어 버리든지. 저렇게 어둡게 두다니, 원."

확실히 삼촌은 이 집에 애정이 없다. 아니면 이 집에 관해 뭘 모르는 게 분명했다. 저 작은방의 창문을 라일락 군락이 뒤덮은 덕분에 낮에도 천장의 '은하단'이 지켜진다는 사실 같은 건 생각조차 해 본 적 없는 사람이다. 내 어린 시절이나 그때를 지켜 주던 은하단 따위는 삼촌에게 아무 의미가 없었다.

"나 원 참."

삼촌은 나를 이해할 수 없다는 듯이 고개를 흔들면서 계단을 밟았다. 삼촌이 2층으로 올라가는 모습을 잠시 보고 섰다가 안방으로 향했다.

삼촌이 이 집에 들어와 살겠다고 하다니. 삼촌은 자기가 한 말을 스스로 번복했다. 삼촌은 잊었을지 모르지만 나는 삼촌이 했던 말을 기억한다.

할머니와 나, 둘이 이 집에 살 때였다. 할아버지가 돌아가신 뒤 할머니는 치매를 앓기 시작했다. 아직 치매가 할머니를 완전히 집어삼키기 전 어느 날, 삼촌이 찾아왔다. 그날도 예고 없이 와서는 할머니를 괴롭혔다. 삼촌이 집 문제를 꺼낼 때마다 할머니는 "이 집은 못 판다. 네 아버지 유언이다."라는 말만 거듭했다. 그러면 삼촌은 유언이 대수냐고 대들었다.

그런데 그날 삼촌은 전과는 다른 이야기를 꺼냈다. 삼촌이 말했다.

"그래 봤자 아버지도 그 아저씨가 망하는 통에 헐값에 사들인 집 아닙니까. 게다가 아버지는 동업자를 배신해서 망하게 만든 장본인이잖아요. 이런 흉한 집에 무슨 애착을 둬요!"

할머니는 삼촌이 잘못 알고 있다고 겨우 답했다. 그러자 삼촌은 소리를 질렀다.

"잘못 알긴 뭘 잘못 알아요! 칼 들고 집에 쳐들어온 아저씨를 우리 모두 똑똑히 봤잖습니까! 벌써 다 잊어버렸어요?"

할머니는 초점을 잃은 채 잠시 말이 없었다. 그러다 이 집에는 절대 손대지 말라고 단호한 태도로 말했다. 삼촌은 한발 물러선다는 듯 이전보다 누그러진 투로 준비해 온 말을 던졌다.

"그럼 대출이라도 좀 빼게 해 주든지요. 가지고만 있는 재산이 재산이랍니까. 더 잘되도록 써먹는 게 재산이지."

그러자 할머니가 삼촌을 향해 고함쳤다. 예전에 할아버지가 그랬듯 엄한 목소리였다.

"이 집은 경주 몫이다. 손댈 생각 마!"

삼촌은 방금 전보다 더 큰 소리로 맞받아쳤다.

"내가 잘돼야 경주도 잘되는 겁니다. 엄마가 천년만년 삽니까? 엄마 돌아가시고 나서 경주 인생이 어떻게 될지 생각 안 해 봤어요?"

할머니는 더 이상 입을 열지 않았다. 말보다 행동으로 보여야겠다고 생각하는 듯했다. 삼촌도 할머니의 그런 생각을 읽었을 것이다.

"이딴 식으로 하면 다시는 이 집에 발 들이지 않을 겁니다! 내 얼굴 볼 생각 마세요!"

그렇게 말하고 삼촌은 앞으로 이 집에 한 발짝도 들여놓지 않을 기세로 쿵쿵거리며 걸어 나가 무지막지한 힘으로 대문을 쾅 닫고 가 버렸다. 그 바람에 잠금장치가 헐거워졌는지, 꾹 눌러 닫지 않으면 대문은 자꾸만 슬며시 다시 열렸다.

6

삼촌은 생각보다 훨씬 더 노골적이었다. 집에 들어온 바로 다음 날부터 집을 팔자고 졸랐다. 그럴 때면 나는 삼촌 얼굴을 뚫어져라 바라보았다. 나와 할아버지와 할머니가 동시에 삼촌을 응시하고 있다는 듯이. 그런 내 시선을 두려워하라는 뜻으로 삼촌을 노려보았다. 하지만 삼촌은 피식 웃으면서 나를 구슬렸다.

"내가 잘돼야 너도 잘되는 거야!"

그 무렵 삼촌이 가장 자주 한 말이었다. 삼촌은 말문이 막힐 때마다 이 말을 내세웠다. 자신과 나를 공동 운명체로 묶어 나를 겁주려는 것이었다. 그 말을 뒤집으면 어떤 의미가 되는지 삼촌이 모를 리 없었다.

'내가 잘못되면 너도 잘못되는 거다.'

할아버지와 할머니의 가장 큰 걱정 또한 삼촌이 잘못되었을 때 나의 안위였다. 그래서 삼촌 운명과 내 운명을 떼어 두려 했을 것이다.

그보다 더 중요한 문제가 있었다. 할아버지가 돌아가신 뒤로 나는 세상 돌아가는 일에 서서히 관심을 두었다. 자기 집을 소유한다는 게 어떤 의미인지 알아 가고 있었다.

나는 열일곱 살이다. 이 나이에 집을 가졌다는 것은 최신형 노트북을 가졌다거나, 또래 친구들이 한 번쯤 쳐다보는 비싼 패딩을 가졌다는 것과는 차원이 다른 문제다. 집은 노트북이나 코트가 아니다. 자산이다. 그리고 자산은 곧 힘이다.

나는 바로 그 점을 알아 가고 있었다. 집을 소유했다는 것이 힘이라는 사실을 자각하면서 행동이나 말투도 달라졌다. 할아버지와 할머니가 가르쳐 준 대로 꼭 필요한 말만 하고, 정확하게 행동하고, 분명한 태도를 보이려고 매사에 주의했다.

그런데 삼촌은 그런 변화를 눈치채지 못한 것 같았다. 눈치채지 못했을 뿐 아니라 나를 고집 피우는 어린애, 적당히 구슬릴 수 있는 어리숙한 아이 정도로 생각하는 듯했다. 삼촌의 그런 태도에 더욱 화가 났다. 나는 삼촌이 좀 더 지적이고 근사한 방법으로 나를 설득해 주기를 바랐다.

어느 날, 삼촌은 전과는 다른 방식을 내보였다. 지금껏 보지 못한 방식이었다.

거실에서 나를 마주친 삼촌이 대뜸 말했다.

"넌 아파트에 살면 어떤지 잘 모르지?"

그 말은 묘하게 나를 자극했다. 하지만 설득당하지는 않았다. 삼촌이 나를 설득하려면 할아버지 유언을 배반할 만한, 아니면 재산을 가진 힘을 전복할 만한 다른 강력한 힘을 찾아 내세워야 했다. 그런데 삼촌이 애써 찾아낸 방식은 기껏 내 감정을 긁는 거였다.

삼촌이 빙글거리면서 말을 이었다.

"이런 옛날 집이 얼마나 불편하냐. 으스스하기까지 하고 말이야. 언제 강도가 칼 들고 담을 넘을지 알 수 없는 게 이런 집 아니냐. 자고 있는데 도둑이 내 얼굴을 살핀다는 낌새를 느껴 본 적 있어?"

나는 무시했다. 대꾸할 필요조차 없는 공격이었다. 자리를 피하려고 일어서자 삼촌이 내 뒤통수에 대고 소리쳤다.

"진짜 좋은 아파트에 안 살아 봐서 그래! 여름엔 시원하고 겨울엔 따듯한 건 물론이고, 바닥에 우윳빛 대리석이 깔리고 말이지."

"이 집 불편하지 않습니다."

나는 목소리를 한껏 낮춰 답했다. 내가 삼촌의 공격에 흔들리지 않는다는 걸 삼촌도 알았다. 그래서 비위가 상한 모양이었다. 삼촌은 계단을 부술 듯이 요란하게 올라갔다. 이윽고 2층에 다다른 삼촌이 뭔가를 발로 차서 부딪치는 소리가 났다.

나는 안방으로 들어갔다. 아침부터 한바탕했으니, 오늘은 더 시달리지 않아도 될 것이다. 그 생각을 하니 잔뜩 긴장하느라 똘똘 뭉쳐 들었던 마음이 풀어지는 듯했다. 마음에 여유가 생기니 안방 풍경이 눈에 들어왔다. 안방에는 여전히 할아버지와 할머니 물건들이 가득했다. 언젠가는 이 물건들을 치울 마음이 생길지도 모르겠지만 아직은 아니었다. 할머니가 돌아가셨다는 사실을 받아들이려면 시간이 더 필요했다.

"서류는 어디 뒀냐?"

삼촌이 난데없이 안방 문턱에 서서 물었다. 언제 다시 1층으로 내려왔는지 알 수 없었다. 분이 풀리지 않은 듯 험한 표정으로 서 있는 삼촌을 보면서 전에 할머니가 일러 준 말을 떠올렸다.

"안방에는 누구든 함부로 들락거리지 못하게 해라."

천천히 자세를 바로잡고 삼촌을 정면으로 보았다. 삼촌은 순간 움찔했지만 뒤로 물러서지는 않았다. 나는 삼촌에게서 시선을 떼지 않은 채 불손한 손님을 대하듯이 말했다.

"안방에는 들어오지 마세요."

"뭐?"

뜻밖의 반응에 놀란 모양이었다.

"이 방에 들어오지 마세요."

나는 한 번 더 강조했다. 힘주어 말하다 보니 약간 쇳소리가 났다.

"내 집 내 방에 내 맘대로 들어가겠다는데 뭐가 문제냐?"

"여긴 삼촌 집이 아닙니다. 그리고 이 방은 삼촌 방이 아니에요."

그러자 문턱을 넘어서려던 삼촌이 발을 머뭇거렸다. 나는 안방에서 나가며 은근히 힘주어 삼촌을 밀었다. 그러고는 안방 문을 닫고 주방으로 갔다.

"서류 어디 있냐고 물었다."

삼촌이 내 뒤를 바싹 따라오면서 다그쳤다.

"서류 어디 뒀냐니까?"

"모르셔도 됩니다."

전기밥솥에서 밥통을 빼내 물을 부었다. 밥알이 눌어붙은 밥통은 물에 불렸다가 씻어야 했다.

"내가 서류 가지고 도망치기라도 할까 봐 그러냐?"

삼촌이 스스로 자기 속마음을 밝히고 있었다. 진짜로 그럴 것 같았다. 삼촌은 서류를 갖고 도망가서 마음대로 하고 싶을 것이다. 하지만 삼촌이 서류를 가져간다 해도 내 동의 없이는 이 집을 마음대로 처분할 수 없다. 내가 동의해 주지 않는 한, 이 집은 어느 누구도 마음대로 할 수 없다.

삼촌이 이 집을 마음대로 할 수 있는 방법은 내가 없어지는 것뿐이다. 다시 말해 내가 죽어야만 삼촌은 이 집을 마음대로 할 수 있다. 내가 죽으면 삼촌은 이 집을 상속받을 테고, 그러면 마음껏 이 집을 팔 수 있다. 삼촌이 거기까지 생각하고 있을까? 순간 오싹한 기분이 들었다.

"그 서류 가져가도 내 동의가 없으면 소용없다는 거 아시잖아요."

"그래도 직접 봐야겠어. 잘 보관하고 있는지는 알아야 할 거 아냐?"

내가 획 돌아서자 삼촌 얼굴이 환해졌다. 귀찮아서라도 서류를 내보일 줄 안 모양이었다.

"서류는 이 집에 없습니다."

"그럼 어디에 뒀어?"

"그건 아실 필요 없습니다."

"그런데 넌 대학은 안 갈 거냐?"

삼촌이 뜬금없이 엉뚱한 이야기를 꺼냈다. 이런저런 말

을 막 던져 보는 모양이었다. 삼촌 생각이 뭔지 알 것도 같았다. 집을 팔아야 돈이 생기고, 그래야 대학도 다닐 수 있지 않겠느냐는 속뜻일 것이다.

나는 덤덤하게 답했다.

"대학 안 갑니다."

"대학을 안 가?"

"네."

"혹시……."

삼촌 표정이 일그러졌다. 화를 내다가 갑자기 부드럽게 말하려니 버벅대느라 표정이 구겨진 것 같았다.

삼촌이 양쪽 어깨를 으쓱하면서 물었다.

"혹시, 통장 같은 건 없냐?"

"통장이라니요."

"우리 엄마가 남긴 돈은 없냐는 말이지."

할아버지와 할머니가 나에게 남겨 준 통장이 있긴 했다. 내 이름으로 개설된 그 계좌에는 꽤 큰 금액이 예치되어 있다. 나에게는 엄청나게 큰돈이었다. 할아버지는 내가 성인이 될 때까지 규모 있게 돈을 써야 한다고 몇 번이고 당부했다. 무엇보다 통장이 있다는 사실을 삼촌과 고모에게 알리지 말라고 신신당부했다. 할아버지가 생전에 내 명의로 계좌를 만들어 돈을 넣어 두었다는 사실을 알면 삼촌은 물론이고 고모도 가만있지 않을 게 뻔했다.

"할머니 장례 비용 쓰고 남은 돈은 삼촌이랑 고모가 가져갔잖아요!"

돈 문제를 꺼냈으니 나도 돈 문제로 되받아쳤다. 남은 돈이 제법 된다는 사실을 나는 잘 알고 있었다. 조의금이 어디서 어떻게 들어오고 나갔는지 정산 과정을 다 지켜보았다. 그 돈은 전부 삼촌과 고모 주머니로 들어갔다.

"그까짓 게 얼마나 된다고……. 아무튼 남겨 준 돈은 없단 말이지?"

"할머니한테 돈이 남아 있었겠어요?"

할머니 돈을 삼촌이 다 가져갔는데 남은 게 있겠냐는 뜻으로 내뱉은 말이었다. 그러자 삼촌은 자기 뒤통수에 손을 올려 머리칼을 헝클었다. 뭔가 실수했다고 자각한 걸까. 아니면 나를 떠보려던 시도가 실패로 돌아가 기분을 잡친 걸까.

나는 강경한 목소리로 못을 박듯 말했다.

"내 생각은 안 바뀝니다. 헛수고하지 마세요."

"뭐야?"

삼촌 얼굴이 벌겋게 달아올랐다. 하지만 화를 내 봤자

역효과만 난다는 사실을 이제 깨달은 듯했다.

어쨌거나 나는 이 집의 소유자고, 할머니의 죽음을 견디는 중이었다. 그런 내 앞에서 삼촌은 집 팔 궁리나 하고 있었다. 눈 전체가 뜨겁게 달아올랐다. 눈물을 참느라 목이다 뻣뻣해졌다.

"너 몇 살이야?"

삼촌이 갑자기 나이를 들먹거렸다. 무슨 의도로 꺼낸 말인지 알 것 같았다. 그래서 망설이지 않고 이렇게 답했다.

"물려받은 유산은 지킬 줄 아는 나이입니다."

그러자 삼촌이 내 앞에서 또 뒷모습을 보이며 쿵쿵 걸어갔다. 기분 상한 어린애처럼 주방을 빠져나가 거실을 가로질러 2층으로 올라가는 소리가 집을 뒤흔들었다.

몸에서 힘이 쭉 빠졌다. 이러리라 예상했다. 단단히 각오도 했다. 그런데도 마음 저 안쪽 말랑한 부분에 긴 대바늘이 꽂히는 것 같았다. 할아버지와 할머니가 삼촌에게 느꼈던 절망이 바로 이랬을 것이다.

7

학교에서 돌아오자마자 교복도 갈아입지 않고 거실 창부터 열었다. 햇살이 좋은 날이었다. 할머니가 있었다면 아침부터 집 안의 문을 모두 열어 두었을 것이다. 할머니는 집 안에 바람과 햇살을 들여야 한다고 늘 강조했다. 그래야 집이 더 탄탄해진다고 했다. 사람을 위하자고 환기하는 게 아니라, 순전히 집을 위해서 환기를 했다. 지난 1년 동안 할머니는 일상적으로 해 오던 일들마저 치매 때문에 거의 잊었는데, 문을 여닫는 일만은 잊지 않았다. 햇살과 바람이 좋은 날이면 문이란 문은 모조리 열어 두었다.

할머니가 하던 순서를 따라 우선 거실 창문부터 한껏 열어젖혔다. 그리고 창 앞에 서서 할머니가 그러던 것처럼 눈을 감고 숨을 크게 들이쉬었다.

쿵. 쿵. 쿵. 쿵.

삼촌이 계단 내려오는 소리였다. 캐리어를 들고 내려온 삼촌이 현관으로 향했다.

"어디 가세요?"

"알아서 뭐 하게?"

삼촌이 또 화를 잔뜩 품은 뒷모습을 보였다. 심통 난 아이처럼 보이는 삼촌은 대문을 열고 나갈 때까지 한 번도 뒤돌아보지 않았다. 저런 식으로 집을 나가는 모습에 겁을 먹은 적도 있지만 이제는 아니었다.

쾅!

대문이 닫혔다. 삼촌이 포기한 걸까. 아니면 마침내 할아버지 유언을 지키는 쪽으로 마음을 잡은 걸까. 캐리어까지 들고 나선 걸 보니 집에 돌아오지 않을 수도 있다. 그렇지만 삼촌이 집을 포기했다는 예측은 섣부를지도 모른다. 다시 올까. 모르겠다. 삼촌은 늘 제멋대로 왔다가 제멋대로 가 버리는 사람이었다. 하지만 그건 할아버지와 할머니가 계실 때 이야기다. 이제 나 혼자뿐인데 여전히 그렇게 행동할까?

이런저런 생각을 하다가 문득, 뭔가 이상하다고 느꼈다. 은하단이 숨어 있는 작은방 문이 조금 열려 있었다. 갑자기 온몸에 소름이 돋았다. 나는 달려가 방문을 활짝 열었다.

방 안은 온통 들쑤셔진 상태였다. 모조리 엉망진창이었다. 침대 아래 서랍은 물론이고 옷장 문까지 열려 있었다. 안방도 마찬가지였다. 삼촌이 무엇을 찾으려고 했는지는 뻔했다. 집과 관련한 서류나 통장일 것이다.

온몸에서 피가 전부 빠져나가는 느낌이었다. 삼촌이 어

떤 짓을 할 수 있는 사람인지는 잘 알고 있었다. 그래도 이렇게까지 나를 실망시킬 줄은 몰랐다.

나는 물건들을 제자리에 챙겨 넣었다. 그리고 활짝 열린 서랍과 옷장 문들을 하나하나 단단히 닫았다. 한참 방을 정리하는데 눈물이 뚝뚝 떨어졌다. 울 생각은 조금도 없는데 눈물이 저 혼자 떨어져 내렸다. 삼촌은 내 예상보다 훨씬 지독한 짓을 할지도 모른다.

나는 바닥에 털썩 주저앉았다. 이건 정말 하고 싶지 않은 싸움이었다. 차라리 이 집을 그냥 삼촌에게 줘 버리고 싶었다. 이 집에서 손을 털고 싶었다. 서류를 삼촌에게 던져 주고 싶었다. 그렇게 해서 삼촌과 관계를 완전히 끊어 버리고 싶었다.

하지만 그럴 수는 없었다. 나는 삼촌이 어떤 사람인지 안다. 할아버지 재산을 어떻게 탕진했는지도 안다. 돈을 가져가는 일에서는 삼촌이 세상 누구보다 끈질긴 사람이라는 사실 또한 아주 잘 안다.

2장

1

삼촌이 집에서 나가고 돌아온 주말에 고모와 순지가 찾아왔다. 순지와 나는 나이가 같고 서로 죽이 잘 맞는 편이다. 할아버지는 순지에게도 집을 주었다. 그 집은 신도시에 있는 아파트라고 들었다. 고모 몫을 순지 이름으로 해준 거였다. 그래서 고모는 삼촌을 적극적으로 편들지 못하고 있었다.

대문 안으로 들어서면서 고모는 라일락 향기를 맡으려는 듯 숨을 크게 들이쉬었다 내쉬기를 반복했다.

"이 집은 진짜 팔기 아까워."

판다는 말이 나오자 나도 모르게 긴장했다. 고모가 그런 나를 바라보며 물었다.

"그런데 삼촌은 어디 갔니?"

삼촌이 집에서 나갔다는 사실을 모르는 모양이었다.

"며칠 전에 나갔는데 아직 연락이 없어요."

"어디로 간다던?"

"몰라요."

고모가 내 눈치를 살폈다. 고모는 무슨 일이든 눈치로 가늠하기를 잘했다. 이번에도 마찬가지였다.

"싸우지는 않았고?"

나는 고개를 끄덕였다. 삼촌이 온 집 안을 뒤졌다는 말은 하지 않았다. 고모가 내 어깨를 가볍게 치더니 말했다.

"집 때문에 삼촌 조카가 원수지간이 될까 봐 걱정이다."

"집은 안 팔아요!"

고모 말이 끝나자마자 맞받아쳤다. 그러자 고모가 나를 빤히 바라보았다. 내 태도와 말투 때문인 듯했다. 집을 판다는 말만 나오면 무섭게 돌변하는 내 태도를 고모도 신경 쓰고 있을 것이다.

고모는 집에 들를 때면 언제나 빵을 챙겨 왔는데, 그중에 카스텔라는 빠지지 않았다. 할머니가 좋아하는 줄 알았겠지만, 할머니는 치아가 좋지 않아서 카스텔라를 먹기 편해했을 뿐 좋아하지는 않았다. 그런데 이번에는 카스텔라가 없었다.

고모가 주방 뒤쪽으로 난 창과 문 그리고 높은 천장을 휘 둘러보더니 한숨 쉬듯 물었다.

“이렇게 큰 집을 유지하려면 돈이 얼마나 들어가는지 알기나 하니?”

삼촌에게 그랬듯 고모에게도 꼬박꼬박 존댓말을 하면서 내 생각을 알려야겠다고 마음먹었다. 고모나 삼촌을 상대할 때는 아이처럼 보여서는 안 된다. 할머니는 내가 그럴까 봐 걱정이었다. 아이처럼 보이면 삼촌이나 고모에게 빌미를 줄 테니, 다른 건 몰라도 재산 문제에 관한 한 어른처럼 굴어야 한다고 일러 주곤 했다.

나는 고모에게 정색하며 답했다.

“집은 안 팝니다.”

그러자 고모가 노골적으로 물었다.

“삼촌이 저렇게 원하는데?”

“할아버지 유언을 지킬 겁니다.”

“돌아가신 분보다 산 사람이 더 중요하지 않겠어?”

그때 갑자기 순지가 외쳤다.

"엄마, 그만 좀 해!"

그러자 고모가 험악한 눈으로 순지를 노려보았다. 하지만 금방 인상을 풀었다. 그러고는 할머니가 쓰던 앞치마를 찾아 허리에 두르면서 말했다.

"짐 좀 정리해야겠다."

"그냥 두세요."

"그래도 돌아가신 분 물건은 정리해야지."

"나중에 내가 알아서 할 겁니다."

그럴 생각은 아니었는데 목소리가 높아졌다. 고모가 나를 물끄러미 건너다보며 말했다.

"너한테는 할머니지만 나한테는 엄마야. 나도 짐 정리쯤은 할 권리가 있지 않아?"

고모도 목소리가 높아졌다. 그러고는 한숨을 푹 쉰 뒤에 덧붙였다.

"주방 살림만 좀 정리할게. 그건 괜찮지?"

그냥 두시라니까요! 나는 그렇게 소리치고 싶었다. 할머니의 질서가 무너지는 게 싫었다. 어두운 밤에 불을 켜지 않고도 찾아낼 수 있는 물건들, 주전자며 쟁반, 냄비, 과도가 들어 있는 서랍이 뒤죽박죽되는 광경은 상상도 하기 싫었다.

순지가 내 팔을 잡아끌었다. 나는 순지에게 이끌려 현관 밖으로 나섰다.

막 여름을 향해 가는 정원이 눈앞에 펼쳐졌다. 할머니는 없는데 정원은 할머니가 돌보던 그대로였다. 사실 정원이라기보다는 텃밭이라는 단어가 더 어울리는 공간이다. 할머니는 정원에 잔디를 깔거나 그 위로 시멘트를 바른 집을 보면 화를 냈다. 할머니는 그런 정원이나 뒤뜰이 흉악하다고 했다. 잔디나 시멘트는 땅을 아무짝에도 쓸모없게 만들어 버린다는 것이다.

할머니는 정원을 멋지게 가꾸거나 키 큰 나무들을 심지는 않았다. 나무라고는 한쪽 벽을 둘러친 라일락 군락이 전부였다. 정원 전체는 할머니만의 계획에 따라 자잘하게 구역이 나뉘어 있었다. 퍼즐 조각들처럼 크고 작거나, 길고 짧거나, 둥글거나, 네모 모양을 한 작은 구역들이 모여 커다란 전체를 이루었다. 구역마다 종류가 다른 농작물과 꽃들이 각자의 자리를 차지하고 있었다.

할머니가 살아 있었다면 지금쯤 정원 어디엔가 앉아 호미를 들고 자리 잡았겠지. 상추를 솎아 내거나, 노랗고 작은 꽃들이 매달린 오이 넝쿨과 강낭콩 줄기를 바로잡는 할머니가 눈에 선하다.

그런데 그 순간, 할머니가 조금 전까지 정원에서 잡초를 뽑고, 올봄에 돋아난 작약이며 토란을 살핀 것만 같은 느낌이 들었다. 흙을 일구고, 검은 거름을 곳곳에 뿌린 흔적이 보였다. 뽑힌 잡초 무더기도 여러 군데 흩어져 있었다. 분명 정원을 손보는 사람이 있는 것 같은데, 누굴까?

난데없이 노랑나비 두 마리가 땅에서 솟아난 듯 날아올라 팔랑거렸다. 나비를 따라 순지와 내 시선도 날았다.

"너무 날카롭게 구는 거 아니야?"

순지가 눈으로 나비를 좇으면서 물었다. 내가 입 다물고 있자 순지가 말을 이었다.

"가장 힘든 사람이 너라는 건 우리 엄마도 알아."

잠자코 듣고 있던 내가 대뜸 물었다.

"너도 이 집을 팔았으면 좋겠어?"

"아니."

"그럼?"

순지가 내 곁에 바싹 다가서더니 속삭였다.

"난 네 편이야."

그 말을 하고 순지는 두 팔을 허공으로 쭉 뻗어 올려 기지개를 켰다. 그러고는 말을 이었다.

"이렇게 멋진 집을 팔다니. 외할아버지랑 할머니가 이 집을 얼마나 좋아했게. 난 할머니가 돼도 이 집으로 널 보러 오고 싶어. 그런데…… 이 집을 혼자 돌보기는 좀 무리 같긴 하다."

"무리일 거 없어. 할머니랑 할아버지가 하시던 대로 하면 되니까."

"이런 집에서 혼자 살기엔……."

"너도 혼자 살기엔 넓다는 말을 하고 싶어?"

"넓은 건 그렇다 치고, 혼자 살기엔 좀 아깝지."

'아깝다'는 말을 나는 잠시 생각했다.

할아버지가 돌아가시기 전, 2층에 하숙을 들인 적이 있었다. 주로 대학생들이 하숙을 했는데 가끔 직장인도 있었다. 그때 2층에서 하숙하던 어떤 사람이 테라스에서 아래를 내려다보며 그런 말을 한 적이 있다.

"혼자 보기 아깝다."

갑자기 그 기억이 떠올랐다. 그 사람은 정확히 무엇을 혼자 보기 아깝다고 했을까? 주택과 건물로 둘러싸인 이 집은 주변에 딱히 풍경이랄 게 없었다. 그렇다면 할머니가 가꾼 텃밭 얘기였을까? 그 사람은 우리 집 텃밭이 퍼즐 같다고 말하곤 했다. 아니면 그날 유난히 황금빛으로 반짝이던 햇살? 정원을 가꾸던 할머니와 성이 할머니? 무엇을 보고 아깝다고 했을까……?

순지가 생각에 빠진 나를 깨웠다.

"엄마가 외삼촌이랑 하는 통화를 들었는데……."

순지가 말끝을 얼버무리면서 내 눈치를 보았다. 나는 편하게 얘기하라는 뜻으로 고개를 끄덕였다.

"이 집을 팔지 않는다면, 이 자리에 새 건물을 지어 올리는 편이 낫지 않겠냐고 하더라."

"이 집은 지금 이대로 둬야 해."

"언제까지나 이대로 둘 수는 없잖아."

"100년은 거뜬하다고 할아버지가 그랬어. 잘 지은 집은 100년이 지나도 끄떡없대."

"하지만 외삼촌이 가만있겠어?"

삼촌이 가만있을 리 없다. 쉽게 포기할 사람이 아니었다. 어떤 구실을 찾아서든 다시 와서 나를 위협할 것이다. 예전 일을 통해 짐작할 수 있다.

할아버지가 있을 때였다. 어느 날 삼촌이 찾아오더니 할아버지와 또 다퉜다. 하지만 할아버지는 더는 삼촌에게 줄 돈이 없었다. 삼촌이 할아버지를 빈손으로 만들었다. 할아버지가 평생 모은 재산을 삼촌이 사업이라는 구실로 한 덩

어리씩 팔아서 탕진해 왔다. 결국 할아버지 입에서 삼촌에게 줄 건 없다는 말이 나왔다.

그러자 삼촌이 기다렸다는 듯 이 집을 들먹였다.

"이 집 있잖습니까."

"이 집마저 팔아먹어야 속이 시원하겠냐?"

"이런 집을 그냥 두면 뭐 하게요. 잘 써먹어야죠."

"에잇, 쓸데없는 놈 같으니……."

"이 집을 그냥 두는 게 더 쓸데없습니다!"

그날도 삼촌은 발소리를 요란하게 울리며 집을 나갔다. 삼촌이 대문을 향해 걸어 나가는 모습을 할아버지와 내가 함께 내다보았다.

"엄마가 그러는데, 외삼촌은 이 집을 마지막 기회라고 생각한대."

"마지막 기회?"

"이 집을 이용해서 한몫 잡으려고 뭐든 해 보려는 것 같았어."

순지를 뒤로하고 라일락 군락 쪽으로 걸었다. 할머니가 라일락 군락을 좋아한 이유는 단지 꽃 때문만은 아니었다. 라일락 군락에 꽃이 없어도 좋다고 했다. 할머니는 꽃이 진 뒤에 드리우는 무성한 나무 그늘을 더 좋아했다.

2

저녁 식사 자리에서 고모가 물었다.

"혼자 지내니까 아무래도 쓸쓸하지? 이렇게 넓은 집에서 말이야."

"팔지 않을 겁니다."

나는 삼촌에게 하던 말투로 딱 잘라 말했다.

"그래, 그래, 알아. 그래서 하는 말인데……."

고모가 순지와 나를 번갈아 보았다. 순지는 고모가 무슨 말을 꺼낼지 아는 눈치였다. 그렇지만 모른 척 열심히 밥만 먹고 있었다. 고모는 뭔가 결심했는지 숨을 탁 뱉어 내듯 말했다.

"순지하고 나, 이 집에 들어와 살아야겠다."

그건 전혀 예상하지 못한 말이었다. 나는 아무 대답도 하지 못했다.

고모가 말을 이었다.

"그러니까, 이 집이 팔릴 때까지 들어와 사는 거라고 해두자."

"집은 안 판다니까요!"

나도 모르게 큰 소리가 튀어나왔다. 생각이 복잡해졌는

지 고모가 미간을 찌푸렸다. 웃지도 울지도 못할 때 나오는 표정이었다.

"그래. 파는 문제는 그렇다 치고, 너 혼자 살기엔 집이 아깝잖니. 2층에 방도 남는데……."

고모 입에서 '아깝다'는 말이 또 나왔다. 하지만 그 말을 곱씹어 볼 겨를이 없었다. 당장 어떤 답을 해야 할지 혼란스러웠다. 고모가 집에 들어오겠다니. 한 번도 생각해 보지 못한 일이었다.

고모가 눈썹을 내리며 부탁하듯 말했다.

"엄마가 살아 있었다면 우리더러 당장 들어와 살라고 하셨을 거야. 내 사정이 이렇게 나빠진 줄 알았다면……. 경주야, 우리 사정이 좀 급하게 됐어."

내가 순지 쪽을 바라보자 고모가 말을 이었다.

"아, 그 아파트에는 들어가고 싶어도 못 들어가. 아파트 팔아 버린 지 한참 됐어. 너한테 시시콜콜 말하기는 창피하다만, 당장 급하니 어쩌겠니."

고모는 이 집에 들어와 살기로 벌써 마음을 굳힌 것 같았다. 안 될 이유는 없었다. 하지만 나는 적절한 대답을 찾지 못하고 있었다. 할머니라면 이럴 때 어떻게 했을지 생각했다.

고모가 말을 덧붙였다.

"순지하고 둘이 여기 들어와 사는 대신에 공과금은 내가 낼게. 그러면 너한테도 좋지. 어쨌든 넌 아직 고등학생이고 돈벌이를 하려면 멀었잖니. 그런데 혹시……."

고모가 하던 말을 끊더니, 내 눈을 빤히 들여다보면서 다시 입을 열었다.

"할머니가 통장 같은 거 안 줬니?"

역시 고모도 그 점을 궁금해하고 있었다. 고모가 또 말을 이었다.

"생활비로 쓸 돈도 필요하고, 이런 집을 갖고 있자면 세금도 내야 할 테고. 준비를 안 해 뒀을 리가 없는데……."

"그런 건 고모가 신경 안 쓰셔도 돼요."

"거봐, 엄마가 준비 안 했을 리 없지. 아무튼, 우리가 여기 들어와 살면 너한테도 도움이 되면 됐지 피해 주지는 않을 거야. 서로 나쁠 건 없다는 얘기지."

고모는 내가 거절하려는 줄 아는지 고모랑 순지가 이 집에 들어와 살면 나에게도 좋을 거라는 말을 자꾸 되풀이했다.

"네. 그렇게 하세요."

내가 답하자 고모가 놀란 듯 되물었다.

"그래도 되겠어?"

어쩌면 고모도 막다른 골목에 몰렸을지 모른다. 고모는 이혼하면서 고모부가 진 빚의 절반을 떠안았다고 들었다. 빵집을 운영해 그 빚을 갚을 자신이 있다고 할머니 앞에서 큰소리치는 고모를 본 적도 있다. 그런데 일이 뜻대로 풀리지 않았던 모양이다. 고모 상황이 점점 더 곤란해지고 있는 줄은 알았다. 하지만 할머니가 있을 때는 아파트를 팔았다거나 이 집에 들어와 살겠다는 말은 하지 않았다. 할머니가 걱정할까 봐 일부러 숨겼는지도 모른다.

"한시름 덜었지 뭐니!"

고모가 순지 쪽을 보며 이제 걱정하지 말라는 투로 속삭였다. 그러고는 나를 건너다보면서 말을 쏟아 냈다.

"나도 이 집을 안 팔았으면 좋겠어. 나한테도 순지한테도 중요한 곳이니까. 내가 순지 낳고 산후조리도 이 집에서 했고 말이야."

"엄마, 그만하고 밥 먹어요."

순지가 한마디 하고 나서야 고모는 잠잠해졌다.

고모와 순지가 집에 들어온 뒤로 한동안 평화로웠다. 우리는 원래 함께 살던 사람들처럼 자연스레 어울렸다. 아침이면 고모가 차려 준 식탁에 둘러앉았다. 냉장고 안에는 고모가 만든 밑반찬이 들어찼다. 고모의 손맛은 할머니와 비슷한 데가 있었다. 할머니가 만들어 둔 양념을 사용해서 할머니 손맛이 나는지도 몰랐다.

할머니는 치매가 오자 밥하는 법을 가장 먼저 잊었다. 태어나 단 한 번도 밥을 지어 보지 않은 사람처럼 까맣게 잊었다. 그 뒤로 식사 준비는 모두 내 몫이었다. 아침에는 빵을 주로 먹었다. 저녁에는 사거리 밥집에서 도시락을 사 왔다.

"맛있다."

할머니는 도시락을 먹을 때마다 이 세상에서 가장 맛있는 음식이라도 되는 양 기뻐했다. 주말에 내가 밥을 할 때도 있었지만, 치매가 시작된 뒤 할머니는 집에서 한 밥보다 사 먹는 도시락이나 배달시켜 먹는 음식을 더 좋아했다. 점차 주말에도 도시락이나 배달 음식을 먹는 날이 많아졌다.

할머니는 집에서 지은 밥이 아닌 모든 음식을 맛있다고 했다. 나는 종류를 바꿔 가면서 음식을 사 오거나 주문하는 식으로 끼니를 준비했다. 식사뿐 아니라 빨래며 청소, 일상생활 속 온갖 자잘한 일까지 내가 손을 대지 않으면 아무것도 정리되지 않았다. 지난 1년 동안 그렇게 지냈다.

그런데 고모가 온 뒤로는 내가 손대지 않아도 집 안이 정리되어 갔다. 보살핌을 받는 기분마저 들었다. 구석구석 왠지 모를 윤기가 흘렀다. 고모나 순지가 특별히 청소에 신경을 쓰지는 않았다. 그런데도 2층으로 오르는 계단 난간이 반짝거렸고, 거실 유리창이 더 투명하게 느껴졌다. 주방은 말할 나위도 없었다. 할머니의 질서에 고모의 질서가 조금씩 섞여 가면서 집이 밝아지는 것만 같았다. 이상한 일이었다. 할머니의 질서가 깨질까 봐 거부감이 있었는데 막상 고모의 질서에 적응하니 더 편했다. 부엌일에서 오는 부담을 덜 수 있어서 그런지도 몰랐다. 고모도 그 점을 알고 있었다.

"어때, 이제 사람 사는 집 같지?"

순지와 고모는 2층에 있는 방 두 개를 각각 사용했다. 순지와 고모가 한동안 살던 원룸은 감옥이나 다름없었다고 했다. 옆방 사람 트림 소리까지 다 들리는 것은 물론이고, 사방이 건물들로 꽉 막혀서 창을 열면 먼지 바람이 쏟아져 들어왔다고 한다.

"건물과 건물 사이로 빠져나가는 바람이 얼마나 사나운지 모르지? 1층 갈빗집에서 올라오는 냄새는 또 어떻고."

고모와 순지는 원룸 생활이 고달팠던 모양이다. 그동안 티를 내지 않아 신기할 정도였다.

"그나저나 삼촌은 대체 어딜 간 거니?"

고모가 물었다. 내가 고모에게 묻고 싶은 말이었다.

삼촌이 없는 한 달 동안 우리는 평화로웠다. 나는 가족과 함께 사는 일의 달콤함에 빠져들 뻔했다. 삼촌이 돌아오지 않았다면 그 평화가 좀 더 오래갔을지도 모른다.

3

삼촌은 돌아왔다. 정확히는 삼촌보다 짐이 먼저 도착했다. 고모와 순지가 집에 들어온 지 한 달이 조금 지난 어느 날이었다.

학교에서 돌아왔더니 거실에 박스 여러 개가 놓여 있었다. 박스 겉면에 붙은 주소 스티커에 받는 사람으로 삼촌 이름이 보였다. 순지와 내가 박스들을 살피고 있는데 전화가 왔다. 삼촌 번호였다. 받자마자 삼촌이 대뜸 물었다.

"짐 왔냐?"

그때 초인종이 울렸다. 모니터를 들여다보던 순지가 나

를 잡아당겼다. 낯선 남자였다. 순지가 모니터에 대고 무슨 일인지 묻자 주문한 물건이 왔다는 답이 돌아왔다. 전화기 너머 삼촌도 상황을 알아들은 모양이었다.

"2층으로 좀 올려 달라고 해. 아, 테라스가 좋겠다. 방은 좀 답답……."

"무슨 짐인데요?"

삼촌 말을 끊고 내가 물었다.

"운동 기구. 테라스에 설치해 달라고 해."

"테라스는 곤란한데요."

"왜?"

"순지하고 고모가 집에 들어왔어요. 여기서 살기로 했고요."

"누구 맘대로? 아, 그 얘기는 집에 가서 다시 하고, 아무튼 운동 기구는 테라스에 둬!"

"삼촌이 쓰던 방에 넣어 둘게요."

전화기 저편에서 씩씩대는 숨소리가 넘어왔다. 할 말을 고민하는 눈치였다. 나는 삼촌 말을 기다렸다.

이윽고 삼촌이 입을 열었다.

"이따 저녁에나 들어갈 거 같다. 아, 그리고 내 짐들도 내 방으로 좀 올려 달라고 하고."

운동 기구를 보냈대서 아령이나 가슴 근육을 단련하는 기구 정도로 생각했다. 그런데 전혀 아니었다. 공간을 엄청나게 차지하는 커다란 기구가 대부분이었다. 삼촌이 왜 테라스에 설치하라고 했는지 알 것 같았다. 러닝 머신을 제외하고 다른 기구들은 이름조차 알 수 없었다. 철봉처럼 생긴 기구가 있었지만 철봉은 분명히 아니었다. 양팔로 잡고 모았다가 벌리는 기구, 누워서 역기를 들어 올리는 기구도 있었다. 방이 순식간에 소규모 헬스장으로 변했다.

"다 삼촌 거겠지?"

아무래도 이상하다는 듯 순지가 물었다. 나는 잠자코 있었다.

"설마 너 운동하라고 사들였나?"

순지가 나를 위아래로 훑어보았다.

나는 할아버지를 닮아 뼈대 자체가 굵은 건장한 체격이다. 전에 삼촌이 나를 보고 투포환 선수 같다고 한 적도 있다. 할머니는 이런 내 체격을 행운으로 여겼다. 할머니가 돌아가시면 나에게는 보호자가 없는 셈이었다. 삼촌이 보호자가 되어 주어야 하는데 보호는커녕 곤란해질 게 뻔했다. 난감한 상황을 홀로 헤치고 나가려면 체격이 건장한 편이 낫다고 할머니는 말했다. 덕분에 나는 가만히 있기만 해도 만만하게 보이지 않는다는 장점이 있었다.

삼촌이 나를 걱정해서 운동 기구들을 보냈을 리는 없다. 나를 위한 기구라면 굳이 2층에 올려 두라고 하지 않았을 것이다.

뭔가 불길한 일이 저 앞에서 나를 기다리는 듯한 기분이 들었다. 삼촌이 온갖 사업을 해 왔다는 건 알지만 운동 기구 사업을 한다는 소리는 들은 적 없었다. 삼촌이 운동을 시작하려는 걸까? 이렇게 요란한 기구들을 사용해서? 아니면 운동 기구를 팔려는 걸까? 집에 들인 기구들은 견본 제품일까?

삼촌이 '사업'을 시작했을지도 모른다는 생각에 머리가 지끈거렸다. 할아버지 재산은 삼촌의 사업 자금으로 들어가 거의 사라졌다. 남은 건 오직 이 집 한 채뿐이었다. 그런데 삼촌은 이 집마저 사업에 이용할 속셈 같았다. 할아버지가 그토록 염려하던 '사업'을 삼촌이 또 시작할지도 모른다니 목덜미가 오싹해졌다.

삼촌은 밤 10시가 훌쩍 넘어서 왔다. 초인종 소리에 나는 의자에서 벌떡 일어났다. 거실을 가로질러 가는 동안에도 초인종이 계속 울렸다. 고모와 순지도 아래층으로 내려왔다. 다시는 안 올 것처럼 나갔던 삼촌이 집에 들어오고 있었다.

현관으로 들어서면서 삼촌이 말했다.

"다들 안 자고 뭐 하냐."

고모가 인사 따위는 생략하자는 듯 손사래를 치고는 2층을 가리키면서 되물었다.

"저 물건들은 다 뭐예요?"

삼촌은 무슨 얘기인지 바로 알아들었다.

"아, 그거. 내가 쓰려고."

"오빠가 저걸 써?"

"그럼 누가 써."

순간 다행이라는 생각이 들었다. 고모도 같은 심정인 듯했다. 만일 삼촌이 쓰는 물건들이 아니라 파는 제품들이라면 큰일이었다. 정말 사업을 시작했다면 앞으로 집 안이 운동 기구들로 뒤덮일 게 뻔했다. 사업 자금을 빌미로 집을 팔자고 든다면 더 큰 문제였다. 그런데 직접 쓰려고 사들인 물건이라니 다행이었다. 고모도 일단 안심하는 눈치였다.

삼촌이 우리를 죽 훑어보면서 말했다.

"왜. 운동 기구 사업이라도 하는 줄 알았냐?"

삼촌은 우리를 비웃더니 계단을 올랐다.

4

며칠 동안 삼촌은 집 문제에 관해 한 마디도 꺼내지 않았다. 고모와 순지 때문에 집을 팔자는 말을 못 하는지도 몰랐다. 어쩌면 집 파는 일을 포기했을지도 모른다.

그렇게 조금씩 긴장이 풀리기 시작하던 어느 날, 자정이 다 되어 가는 시간이었다.

웅웅웅웅…… 윙윙윙…… 궁궁궁궁…….

막 잠자리에 들었는데 난데없는 소음이 들렸다. 금방 멈추리라 생각한 소음은 한참이 지나도 이어졌다. 한밤에 갑자기 시작된 이상한 소리 때문에 신경이 바짝 곤두섰다. 이 집에서 한밤중에 이런 소리를 듣기는 처음이었다. 소리라기보다 진동에 가까웠다. 진동은 점점 강도가 높아졌다. 일어나 앉아 어디서 나는 소음인지 가늠하려고 주의를 집중했다. 진동은 천장에서 퍼지는 것 같았다. 안방 천장 위는 삼촌 방이었다.

나는 일단 거실로 나갔다. 진동은 거실에서도 느껴졌다. 초강력 전자파가 진동하는 것처럼 온 집이 울리고 있었다. 나는 발소리를 죽여 계단을 올랐다.

고모와 순지가 이미 2층 거실에 나와 있었다. 나와 눈이 마주치자 고모가 쉿 하며 손가락을 입에 갖다 댔다. 고모도 소음의 진원지를 찾는 모양이었다. 고모가 손가락으로 삼촌 방을 가리켰다. 그 순간 삼촌이 자기 방에서 운동 기구를 사용하고 있는지도 모른다는 생각이 들었다.

고모가 삼촌 방문을 두드렸다. 답이 없었다. 다시 더 세게 두드렸다. 역시 답이 없었다. 그러자 고모가 숨을 크게 한 번 들이쉬더니 문고리를 돌렸다. 문은 쉽게 열렸다.

삼촌 방은 야간 헬스장을 방불케 했다. 노란색 중앙등, 구석에 세운 스탠드, 러닝 머신에 장착된 컴퓨터까지 밝게 빛나는 방에서 삼촌이 달리고 있었다. 전문 헬스 트레이너처럼 차려입은 삼촌은 러닝 머신 위에서 뛰는 데 푹 빠져 우리가 들어서는 줄도 몰랐다. 혼자 토성의 고리 위를 달리는 것만 같았다.

"오빠!"

고모가 삼촌을 불렀다.

"오—빠!"

고모가 고함치자 삼촌이 돌아보았다.

삑삑삑.

삼촌은 급히 러닝 머신 설정 장치를 눌러 댔다. 속도가 서서히 느려지자 삼촌이 귀에 꽂은 이어폰 한쪽을 빼내고는 미끄러지듯 방바닥으로 내려섰다.

"왜. 무슨 일 있냐?"

삼촌이 되레 놀란 듯 물었다.

"대체 오밤중에 뭐 하는 건데?"

고모가 다그쳤다. 그제야 우리가 이 밤에 무슨 일로 삼촌 방문 앞에 모였는지 알아차린 삼촌은 '내가 뭐 어쨌기에?'라는 식으로 어깨를 으쓱했다. 그러자 고모가 말했다.

"온 집 안이 웅웅 울려서 잠을 잘 수가 있어야지."

"신형이라 진동이 심하지 않다던데?"

삼촌이 이어폰을 마저 빼고는 말했다. 고모와 나는 서로 얼굴을 마주 보았다. 뭐라 할 말이 없었다. 말은 삼촌이 이었다.

"이 집 잘 지었다는 말도 다 헛소리네. 알고 보면 날림 아냐? 이래서야 어디 팔리기나 하겠냐."

고모가 삼촌 말을 받았다.

"집은 왜 들먹여!"

"차라리 이 자리에 원룸 건물이나 올리자. 그래서 세를 받으면 먹고사는 데 지장 없을 거 아니야. 안 그러냐?"

삼촌이 나를 보면서 느닷없이 말끝을 올렸다. 나는 멍하니 삼촌 얼굴을 바라보았다. 어떤 말로 대응해야 할지가 떠오르지 않았다.

나보다 먼저 고모가 할 말을 찾았다.

"그럼 순지하고 나는 어쩌고?"

"각자 원룸 하나씩 차지하면 되지."

고모는 잠시 생각하는 눈치였다. 이 집에서 이대로 사는 편이 좋을지, 원룸 한 칸을 차지하고 사는 편이 좋을지 고민하는 듯했다. 그러더니 전에 원룸에서 살던 기억이 떠올랐는지 인상을 구겼다.

"집은 안 팝니다."

나는 겨우 입을 열었다.

"누가 팔자고 했냐?"

"이 집은 지금 이대로 놔둘 겁니다. 아무도 손대지 못합니다."

내가 거듭 알렸다.

"그린벨트라도 되는 줄 알아?"

삼촌이 발로 방바닥을 탁 굴렀다. 그런 모습은 처음이었다. 겁이 치솟았지만 나는 해야 할 말을 끝까지 뱉어 냈다.

"자꾸 이러시면 구청에 기증해 버릴 겁니다."

"구청에 기증해? 이 집을?"

"네. 공공장소로 쓰라고 기증할 겁니다."

사실 그 생각은 나조차도 생소했다. 불쑥 떠오른 대로 말이 튀어 나갔다.

"재가 지금 뭔 소리를 하는 거냐?"

여전히 화난 목소리였지만 삼촌은 웃었다. 고모와 순지와 나는 웃지 않았다.

"아무것도 안 할 거면 이 집이 다 무슨 소용이야!"

삼촌이 고함쳤다.

"아무 소용 없어도 괜찮습니다."

"재산은 더 잘되게 쓰라고 있는 거야."

"지금 이대로가 좋습니다."

"야!"

삼촌은 냅다 소리치더니 말을 이었다.

"내가 잘돼야 너도 잘되는 거야. 그걸 몰라?"

"잘못돼도 상관없습니다. 이 집에는 손 못 댑니다."

나는 바위처럼 서서 삼촌이 던지는 달걀을 고스란히 맞는 심정으로 같은 말을 되풀이했다.

"아, 뭐 저런 답답한 애가 다 있어!"

삼촌이 몸을 획 돌려 러닝 머신 귀퉁이를 발로 찼다. 고모는 말이 없었다. 서로 대치해 봤자 해결될 문제가 아니었다. 나는 방에서 나왔다. 등 뒤로 고모가 말하는 소리가 들렸다. 타이르는 듯이 나직한 목소리였다.

"운동도 좋지만 낮에 하든가, 아니면 러닝 머신을 밖에 내놓든가. 사람이 밤에는 잠을 자야지. 오빠 혼자 사는 집도 아닌데 이러면 반감만 더 사지."

고모가 달랜다고 해서 삼촌 화가 가라앉지는 않았다. 삼촌은 진짜 화가 난 게 아니었다. 화난 척해서 나를 겁주려는 의도였다. 삼촌의 속셈을 등만 보고도 알 수 있었다.

5

그 뒤로도 밤이면 삼촌이 러닝 머신 위에서 달리며 만들어 내는 진동이 계속되었다. 삼촌은 고모의 잔소리 따위는 아랑곳없이 자정 무렵이면 러닝 머신에 올라섰다.

결국 일이 터지고야 말았다. 밤마다 소음에 시달린 지 일주일쯤 지난 어느 날이었다. 나는 삼촌이 러닝 머신을 타기 전에 잠들지, 실컷 타고 난 뒤에 잠자리에 들지 고민하고 있었다. 삼촌은 한 시간 정도 러닝 머신을 탈 것이다. 요 며칠 동안 이어진 습관을 보면 그랬다. 그 전에 잠들려면 11시 전에 잠자리에 들어야 했고, 아니면 자정을 넘겨야 했다. 그날은 과제도 좀 많고 해서 삼촌이 달리기를 끝낼 때까지 책상에 앉아 있을 생각이었다.

잠자코 진동이 울리기를 기다렸다. 소음이 시작되면 이어폰을 귀에 꽂을 계획이었다. 그런다고 해서 진동을 이길 수는 없겠지만 맨정신으로 견디는 것보다는 나았다. 나는 의자를 바싹 당겨 앉았다.

갑자기 2층에서 거친 발걸음 소리가 났다. 쿵쾅거리는 발소리에 이어 문 두드리는 소리가 요란하게 이어졌다. 나는 의자를 박차고 일어났다. 그러고는 방문을 열어젖히고 거실을 가로질러 계단을 뛰어올랐다.

갑자기 삼촌 목소리가 터져 나왔다.

"야, 이거 누가 그랬어!"

고모 목소리가 뒤따라 들렸다.

"내가 그랬다, 왜!"

삼촌과 고모는 당장이라도 서로에게 주먹을 휘두를 기세였다.

"뭣들 합니까?"

내가 소리쳤다. 그러자 삼촌이 마치 응원군이라도 만난 표정으로 말했다.

"네 고모라는 사람이 글쎄, 러닝 머신 줄을 가위로 싹둑

끊어 놨다. 그뿐인 줄 알아? 망치로 때려 부쉈는지 컴퓨터까지 다 고장 내 놨어!"

이 집에 사는 네 사람, 그러니까 삼촌, 나, 고모, 순지가 사다리꼴의 꼭짓점에 서서 서로를 견제하듯 팽팽하게 노려보았다.

"그러게 한밤중에 그놈의 머신 좀 타지 말라고 몇 번이나 말했어!"

고모가 기다렸다는 듯이 펄펄 끓는 목소리로 고함쳤다. 삼촌도 지지 않았다. 지켜야 할 선을 훌쩍 넘는 말을 서슴없이 던졌다.

"넌 자격도 없는 주제에 왜 이 집에 들어와서 날 방해해?"

그 말을 하자마자 삼촌 얼굴에 '아차' 하는 감정이 얼핏 나타났지만 금방 사라졌다. 그리고 이렇게 된 김에 할 말 다 하겠다는 듯이 뻔뻔한 표정으로 돌변해 고모를 쏘아보았다. 그러자 고모가 반격했다.

"그러는 넌, 왜 이 집에 들어와서 난리야? 언제는 이 집에 다시 들어오면 성을 간다더니?"

"너—어? 지금 나한테 너랬어?"

"그래. 한 살 차이에 꼬박꼬박 오빠라고 부르니까 내가 진짜 오빠로 생각하는 줄 알았어?"

삼촌이 잠시 할 말을 찾는 듯 머뭇거리더니 이윽고 말을 던졌다.

"그러는 너는, 누구 허락을 받고 여기 들어와 사는데?"

그러자 모두 내 얼굴을 보았다. 그때 순지가 또박또박 말했다.

"외삼촌, 우린 망했어요. 빵집도 팔려고 내놓은 지 한참 됐어요. 원룸 월세도 못 내서 여기로 왔고요. 저는 대학도 포기했어요. 고등학교 졸업하면 돈 벌러 다닐 거예요."

"아버지가 사 준 아파트는 어쩌고?"

삼촌이 고모를 보면서 약간 누그러진 목소리로 물었다. 순지가 세상 온갖 고통을 다 끌어안은 어른처럼 삼촌을 바라보았다. 그러자 삼촌은 말문이 막힌 채 우리 셋을 한참 번갈아 보았다. 그러더니 곧 어떻게 해야 할지 알았다는 듯이 고모를 향해 소리쳤다.

"너는 뭘 어떻게 했기에 이 꼴이야?"

"그러는 오빠는?"

"그래. 그렇게 됐다 치고, 내가 운동 좀 하겠다는데 왜 심술을 부려?"

이미 자존심이 상할 만큼 상한 고모는 참는 기색이 역

력했다. 내 눈치를 보는지도 몰랐다. 아니, 순지 눈치를 보는 것일 수도 있다.

고모가 숨을 고르면서 말했다.

"여긴 오빠 혼자 사는 집이 아니잖아. 그런데 혼자 살 때 하던 짓을 계속하면 어떡해? 다른 사람들한테 피해를 주잖아!"

그러자 삼촌 얼굴에 미소가 스쳤다. 하지만 순식간에 표정을 감추고는 말했다.

"그러니까 집을 팔자는 거다. 이렇게 한집에서 서로 싸울 일이 없게."

결국 삼촌은 똑같은 결론에 이르렀다. 온갖 자잘한 문제에서까지 "이래서 집을 팔아야 한다."라는 결론을 이끌어 냈다.

"안 됩니다."

나는 배 속 깊은 곳에서 울려 나오는 목소리로 무겁게 말했다. 모두 나를 주시했다. 그들의 시선을 번갈아 보면서 마저 이야기했다.

"서로 피해를 주고 싸우려면 모두 이 집에서 나가 주세요."

"뭐?"

"전에 할아버지가 2층에 하숙생 들였던 거 아시죠?"

내 말에 고모는 기억이 난다고 대답했다. 삼촌은 알면서도 모르는 체하며 그게 무슨 상관이냐는 표정을 지었다.

"그때 할아버지가 같이 사는 사람들한테 폐 끼치는 사람은 서둘러 내보내야 한다고 하셨습니다."

"그럼 내가 하숙생이란 말이냐?"

"다르지 않습니다."

"뭐야?"

"삼촌은 하숙비도 안 내잖습니까."

"하!"

삼촌이 천장을 보며 잠시 화를 삭인 뒤에 입을 열었다.

"하숙비 낸다, 내! 얼마면 되냐?"

그러자 고모가 재빨리 답했다.

"100!"

"뭐라고?"

"아니면 보증금 1000에 월세 90. 보증금 없으면 그냥 100만 원. 관리비 포함이고, 월세는 매달 1일에 내!"

"넌 공짜로 살고?"

삼촌이 고모를 향해 치사함의 극치를 선보였다.

"난 공과금을 전부 내기로 했어. 식사 준비도 내가 다

해. 그리고 나하고 순지가 없어 봐, 집이 금방 쓰레기장이 된다고. 제대로 알지도 못하면서 왜 이래?"

고모가 잠옷 자락을 손끝으로 탁, 치면서 쏘아붙였다. 그때 순지와 내 시선이 마주쳤다. 순간 둘 다 폭소를 터트릴 뻔했지만 잘 참았다. 그리고 삼촌 얼굴에 온 신경을 집중했다.

이윽고 삼촌이 입을 열었다.

"여긴 내 집인데 내가 왜 하숙비를 내?"

"오빠, 어린애야?"

고모가 비웃으면서 물었다.

"그건 또 뭔 소리야?"

삼촌이 되묻자 고모가 팔짱을 끼며 말을 이었다.

"다 큰 어른이면 어디서 살든 자기 생활비를 감당해야지. 이게 네 집 내 집 따질 문제야? 그리고!"

고모가 말을 끊고 숨을 고르더니 소리쳤다.

"여기서 계속 살 생각이면 월세 외에 경주 생활비도 따로 내!"

"재 생활비를 왜 내가 내?"

"경주가 오빠 조카라는 거 잊었어?"

고모가 팔짱을 낀 채 삼촌을 노려보았다. 삼촌도 고모를 노려봤지만 기세로는 한참 부족했다. 우리는 삼촌 입에서 어떤 말이 나올지 기다렸다.

"나 원 참, 더럽고 치사해서!"

삼촌은 우리를 몰아내고 문을 쾅 닫았다. 고모가 순지와 나를 향해 양손을 휘저었다. 각자 방으로 흩어지자는 신호였다.

6

삼촌은 이제 노골적으로 나가기로 한 모양이었다. 이튿날 아침에 내 얼굴을 보자마자 이 말부터 던졌다.

"팔자."

고모가 갖다 둔 빵들 가운데 크루아상을 골라 막 한입 베어 문 참이었다. 나는 입 안에 든 크루아상 덩어리를 도로 뱉어 내고 답했다.

"안 됩니다."

"이 큰 집을 그냥 두면 어디다 쓰려고?"

나는 원칙적인 말을 되풀이할 수밖에 없었다.

"할아버지 유언입니다."

"어차피 언젠가 팔 거 아냐!"

"안 팝니다. 저는 이 집에서 아이도 낳고 죽을 때까지 살 겁니다."

삼촌이 픽 웃었다. 나는 왜 웃느냐는 물음을 확실하게 담은 시선으로 삼촌을 쳐다보았다.

"그 나이에 벌써 결혼하고 애 낳을 궁리냐?"

삼촌이 식탁 다리를 탁 찼다. 나는 크루아상을 다시 입안에 욱여넣고 마구 씹었다. 삼촌은 빵 봉지 하나를 휙 잡아채더니 안을 들여다보았다.

"빵을 이렇게밖에 못 만드나? 그 멀리까지 가서 배워 놓고는……, 쯧. 이러니 장사가 안 되지."

삼촌이 중얼거리면서 꺼낸 빵에는 치즈와 옥수수가 알알이 박혀 있었다. 삼촌이 고른 빵은 오븐에 살짝 구워야 더 맛있지만 별로 알려 주고 싶지 않았다. 나는 한 손에는 크루아상을, 다른 손에는 우유가 담긴 컵을 들고 자리에서 일어났다. 방에 들어가서 따로 먹을 생각이었다.

"마저 먹고 일어나지."

삼촌이 한마디 했다.

"집은 안 팝니다."

내가 곧바로 답했다.

"누가 집 팔재? 먹던 거 마저 먹고 일어나라는 말이야."

"이 집에는 아무도 손 못 댑니다."

"철벽도 아니고, 말이 통해야 말을 하지."

삼촌이 식탁 의자 다리에 발끝을 걸고 거칠게 당겼다. 그러더니 끌어낸 의자에 앉아 작심하고 빈정대는 투로 말했다.

"너는 여자애가 어째 사내자식 같냐?"

내가 돌아보자 삼촌이 다 안다는 듯이 웃으면서 말했다.

"그 말투 말이야. 남자처럼 굴면 내가 겁먹을 줄 알았어?"

어이없는 시비였지만 나는 정색을 하고 답했다.

"남자처럼 구는 거 아닙니다."

"그럼 그 말투는 뭔데?"

나는 삼촌을 똑바로 바라보면서 답했다.

"제 태도는 정신의 반영입니다."

삼촌은 나를 빤히 올려다보며 물었다.

"너, 고등학교 2학년이지?"

"그건 왜요."

"내가 너한테 이런 유치한 말을 하자니 좀 그렇다만, 내가 너보다 배워도 더 배웠고, 살아도 더 살았고, 세상 경험으로 치면 댈 바도 아니고. 아, 뭐냐, 그러니까 생각을 해도 더 많이 했는데, 그럼 지금 내가 하는 이 말과 행동이 내 정신의 반영이라는 얘기냐?"

나는 삼촌 눈에 시선을 고정한 채로 답했다.

"저한테 숨기는 게 없다면, 그렇습니다."

"숨기다니, 내가 너한테 뭘 숨겨?"

삼촌이 버럭 소리를 질렀다.

"제가 알면 삼촌이 창피해지거나 곤란해지는 거요."

"난 곤란한 거 없어. 창피한 일을 따지면 네 할아버지가 창피하겠지."

"할아버지는 창피하게 살지 않으셨습니다. 제가 잘 압니다."

"퍽이나 잘 알겠다."

"삼촌보다 제가 할아버지를 잘 압니다."

그러자 삼촌이 치미는 구역질을 참기라도 하듯이, 감정을 억지로 꾹꾹 눌러 담는 말투로 물었다.

"솔직히 말해서 네가 아들도 아닌데, 할아버지가 왜 너한테 이 집을 줬을 거 같냐?"

"할아버지는 딸 아들 같은 성별은 상관 안 하셨습니다. 순지한테도 집을 주고 고모한테도 공평하게 대했……."

"그 말이 아니고! 이 집을 지킬 힘도 없는 너한테 왜 이 집을 줬겠냐고."

"삼촌한테 주는 것보다 안전하니까요!"

불쑥 튀어 나간 내 대답에 삼촌은 기다렸다는 듯이 답했다.

"바로 그거야. 나 정신 차리게 하려고! 내가 정신 차린 다음에 넘겨주라는 뜻으로 너한테 잠시 맡겼다는 걸 모르겠냐?"

"할아버지도 할머니도 그런 말씀은 하신 적 없습니다."

"숨은 뜻을 읽어야지!"

"할아버지와 할머니의 숨은 뜻은 제가 더 잘 압니다!"

그러자 삼촌이 손에 든 빵을 내던지고는 의자를 박차고 일어서서 외쳤다.

"난 이 집 판다!"

마침 고모가 주방으로 들어왔다. 화제가 순식간에 바뀌고, 삼촌이 고모를 다그쳤다.

"그나저나 내 러닝 머신은 어쩔 거냐?"

고모는 삼촌을 보는 둥 마는 둥 하며 싱크대 앞으로 갔다. 그러자 삼촌이 혼잣말처럼 중얼거렸다.

"정원에 내놔야 하나?"

말도 안 되는 소리였다. 덩치 큰 기계가 정원을 차지한 모습을 상상만 해도 기분이 상했다. 내가 뭐라 할 틈도 없이 고모가 나섰다.

"버려야지."

"뭐?"

"버리라고."

"저게 얼마짜린지나 알고 하는 말이야?"

"어차피 못 쓰게 됐는데 값이 얼마든 무슨 상관이야?"

삼촌이 고모와는 도저히 말이 안 통한다는 듯이 어깨를 으쓱이고는 중얼거렸다.

"정원에 어디 둘 데 없나?"

"누가 정원에다 저런 흉물을 둬?"

"그럼 어디 둬!"

"오빠 방에 그냥 둬야지."

"쓰지도 못하는 걸 왜 내 방에 둬! 네가 고장 냈으니 네 방에 두면 되겠네."

"그럼 고물상 불러서 가져가라고 해."

"못 해."

"왜?"

"저게 얼마짜린지 알아? 이제부터 인생 다시 시작해 보려고 큰맘 먹고 긁은 건데. 이제 할부금 한 번 나갔다고."

"다시 시작하려는 사람한테 운동 기구가 왜 필요해?"

"다시 시작하려면 마음 붙일 데가 있어야지."

"그게 하필 저 비싼 운동 기구라고?"

"네가 걸핏하면 여행 가는 거나 마찬가지야!"

"비교할 걸 비교해. 나는 적어도 다른 사람한테 피해 주지는 않잖아!"

"아, 그렇지. 에이에스 불러서 수리하면 되겠다."

삼촌이 갑자기 손뼉까지 치면서 좋아했다. 약 올리려는 의도를 고모도 잘 알고 있었다.

"이 집에서 저 기계 작동하는 소리만 들려 봐. 이번에는 불을 질러 버릴 거니까."

그러자 삼촌이 움찔했다. 고모가 정말 불을 낼지도 모른다고 생각하는 듯했다. 나는 크루아상과 우유를 들고 주방에서 나와 안방으로 돌아왔다. 고모와 삼촌의 신경전은 두 사람이 알아서 하게 내버려 두었다.

할아버지는 진작에 알았을 것이다. 할아버지와 할머니가 돌아가시고 나면 상황이 이렇게 되리라고 예상 못 했을 리가 없다. 그래서 집을 나에게 물려주었을 것이다. 그러고도 마음을 놓지 못해 집을 팔지 말라는 당부와 이런저런 주의를 남겼다.

할머니가 있을 때는 삼촌이 집을 팔자는 말을 대놓고 꺼내지 못했다. 대신에 이 집을 담보로 은행 대출을 받으려 들었다. 하지만 이제 할머니마저 돌아가셨고, 나 혼자 이 집을 지켜야 한다. 고모와 순지가 있지만 순지는 결정적인 영향력이 없고, 고모는 사정이 바뀌면 마음이 어떻게 변할지 알 수 없었다.

나는 빵을 우물거리면서 창밖을 내다보았다. 바로 그때, 어느 장소가 떠올랐다. 이 집에는 지하 창고가 있었다. 이런저런 물건들을 넣어 두던 지하 창고의 존재를 까맣게 잊고 있었다. 들어가 본 지 오래됐지만 거의 비어 있다시피 했던 창고의 기억은 또렷했다. 러닝 머신을 넣어 두기에 딱 알맞은 장소였다. 고장 난 러닝 머신처럼 흉한 물건은 눈에 보이지 않는 곳에 두는 편이 좋을 것 같았다.

나는 삼촌과 고모에게 지하 창고를 알릴 생각으로 다시 주방으로 나갔다.

"에잇, 젠장!"

쿵쾅거리면서 주방을 나온 삼촌은 안방 앞에 서 있는 나를 힐끔 보더니 욕설을 내뱉었다. 그러고는 거실을 가로질러 2층으로 올라갔다. 주방에서 고모가 휘파람 부는 소리가 흘러나왔다.

결국 지하 창고 이야기는 꺼내지도 못했다. 쿵쿵 발을 구르며 계단을 올라가는 삼촌과 휘파람을 부는 고모 사이에 잠시 서 있다가 방으로 다시 들어갔다.

7

집 안은 한동안 잠잠했다. 서로 얼굴 마주칠 일이 별로 없었던 덕분인지도 몰랐다. 아침이면 순지와 나는 일찍 집에서 나왔다. 저녁에 집으로 돌아가면 삼촌은 없거나, 없는 척했다. 고모와 순지와 내가 집을 비우는 낮에는 삼촌 혼자 집에 있을 텐데, 그 시간에 뭘 하는지는 알 수 없었다.

"요즘 뭐 하고 다녀?"

고모가 물어도 딱히 시원한 답이 없었다. 삼촌이 집 문제로 나를 괴롭히지 않는 것만으로도 살 만했다.

기말고사가 시작된 날이었다. 3교시 시험을 마치고 집에 도착했을 때였다. 대문 앞에서 열쇠를 꺼내려는데, 대문 틈이 벌어져 있었다. 누가 드나들면서 대문을 제대로 닫지 않은 모양이었다.

대문을 꾹 밀어 닫으며 주변을 살폈다. 현관문도 조금 열려 있었다. 현관을 향해 빠르게 걷는데, 갑자기 문이 활짝 열리면서 사람들이 쏟아져 나왔다. 먼저 아주머니 한 명이 나오더니 머리에 얹은 선글라스를 내려 썼다. 아주머니 뒤로 아저씨 한 명이 나섰다. 청년과 아저씨의 중간쯤 되어 보이는 남자가 뒤따랐다.

순식간에 그들 모두와 대치하고 선 꼴이 되었다. 내가 그들을 노려보고 서 있자 뜨악한 눈빛이 돌아왔다.

"어, 오늘 일찍 왔네."

맨 마지막에 나오던 삼촌이 나를 향해 한마디 던지고는 사람들에게 나를 소개했다.

"아, 이 친구는 제 조카입니다."

그러자 사람들이 일시에 "아, 예." 하면서 긴장을 풀었다. 그리고 한데 뭉쳐서 대문 밖으로 나갔다. 삼촌이 뒤따라 나가 그들을 공손하기 그지없는 태도로 배웅했다. 사람들이 골목을 빠져나갈 때까지 대문 앞에 서 있다가 들어오는 삼촌을 향해 내가 말했다.

"문을 꾹 미세요."

"뭐?"

"그래야 제대로 잠겨요."

삼촌은 뒤통수에 손가락을 넣어 쓱 훑었다. 그리고 힘주어 대문을 꾹 밀었다.

"저 사람들은 누굽니까?"

내 질문에 삼촌은 다른 손으로 뒷머리를 헝클이더니 답을 툭 던졌다.

"넌 몰라도 되는 사람들이야."

그러고는 나를 지나쳐 집 안으로 들어가나 싶더니, 불쑥 뒤돌아보면서 물었다.

"오늘 왜 이렇게 일찍 왔냐?"

"시험 기간이에요."

"그래? 언제까지 시험인데?"

"이번 주 내내요."

"허 참. 하필 곤란하게."

삼촌이 중얼거리며 현관 안으로 들어섰다.

"뭐가 곤란합니까?"

내가 뒤따라가면서 물었다.

"아, 너한테 한 말 아니야."

삼촌이 허둥대는 것 같았지만 왜 그러는지는 감을 잡을

수 없었다. 저 낯선 사람들은 또 누굴까. 삼촌이 아는 사람들을 초대한 걸까? 그렇지만 이런 대낮에 초대한다는 것도, 구성원도 이상했다. 어쩌면 교회 사람들일지도 몰랐다. 할머니가 있을 때도 가끔 교회 사람들이 왔다. 그러고 보니 구성도 똑떨어졌다. 목사님, 전도사, 신도 한두 사람.

하지만 삼촌은 교회 사람들이라면 질색하지 않았나? 그 사이 생각이 달라진 걸까, 아니면 할머니가 돌아가신 줄 모르고 찾아온 사람들을 대접한 걸까?

방으로 들어가 가방을 내려놓고 막 책상 의자를 끌어내는 참이었다. 2층 테라스에서 전화벨 소리가 요란하게 울렸다.

"아, 네. ……네. 네."

삼촌은 대답만 하다가 전화를 끊고 안으로 들어갔다. 잠시 뒤 삼촌이 계단을 내려오는 소리가 들렸다. 나는 창가로 다가섰다.

현관문을 박차고 달려 나가던 삼촌이 잠깐 내 방 창문을 쳐다보았다. 그러더니 창가에 서 있는 나를 보자 흠칫 놀라고는 다시 대문을 향해 달렸다. 대문을 제대로 닫지도 못하고 나간 걸 보면 급한 일이 생긴 듯했다. 대문이 도로 천천히 열렸다.

나는 다시 나가서 대문을 눌러 닫았다. 그런데 삼촌은 어딜 가는 걸까? 중요한 사람을 만나러 가는 듯했는데.

갑자기 불안이 나를 휘감았다. 혹시 나 몰래 무슨 일을 꾸미는 건가? 정말 그럴 수도 있었다. 삼촌은 이미 그런 전력이 있었으니까.

할아버지가 돌아가신 지 반년쯤 지난 어느 날이었다. 학교에 다녀오니 삼촌이 와 있었다. 그런데 할머니가 보이지 않기에 삼촌에게 물었다.

"할머니는요?"

"주무신다."

이상한 일이었다. 삼촌이 와 있는데 낮잠이라니. 할머니가 어느 방에 있느냐고 물었더니 삼촌은 안방을 가리켰다. 내가 그쪽으로 발을 옮기자 삼촌이 나를 막았다.

"할머니가 좀 편찮아 보이신다. 정확하진 않지만 치매가 온 것 같기도 하고. 얘기 잘 나누다가 갑자기 방에 들어가서 주무시던데……. 전에도 이런 적 있었냐?"

"싸웠어요?"

"싸우다니?"

"집 때문에 할머니랑 싸웠냐고요!"

삼촌은 대답은 않고 뒷머리를 몇 번 훑었다. 그러더니 갑자기 현관으로 뛰듯이 걸어가 신발에 발을 쑤셔 넣었다.

"난 이만 간다. 할머니 일어나면 병원에 모시고 가 봐."

삼촌은 더는 말할 시간이 없다는 듯 급히 나갔다. 그날도 삼촌은 대문을 꽉 닫지 않아서 내가 눌러 닫아야 했다.

나는 대문을 닫고 다시 집 안으로 들어오자마자 안방으로 향했다. 안방 문을 열었더니 생전 처음 보는 광경이 내 눈앞에 펼쳐졌다. 방 안은 그야말로 엉망진창이었다. 할머니는 할머니만의 질서를 중요하게 생각하는 분이었다. 그런데 그날 안방은 질서고 뭐고 없이 마구 헝클어져 있었다. 싸우거나 물건을 던진 것 같지는 않았고, 온통 뒤진 흔적이었다. 장롱과 서랍장의 문이란 문은 모조리 튀어나왔고, 장롱 위 상자들도 전부 바닥에 내려와 있었다.

그런 와중에 할머니는 잠들어 있었다. 나는 침대 가까이 다가갔다. 수면제라도 먹은 사람처럼 곤히 잠에 빠진 모습이었다. 불쑥 겁이 났다.

"할머니."

내가 불러도 할머니는 반응이 없었다. 나는 할머니의 어깨를 잡고 흔들었다. 덜컥 나쁜 상상이 들어 진땀이 났다.

"할머니!"

할머니를 계속 흔들면서 소리쳤다. 할머니가 천천히 눈을 떴다. 순간 온몸의 힘이 빠져 침대에 털썩 걸터앉았다.

"내가 왜 이러고 있냐?"

할머니는 내가 대답할 틈도 주지 않고 다시금 물었다.

"삼촌은?"

"방금 갔어요. 그런데 무슨 일 있으셨어요?"

내가 묻자 할머니는 몸을 뒤틀며 일어나려고 했다. 나는 할머니 등을 받쳐 주었다. 할머니가 방을 둘러보면서 무어라 중얼거리더니, 갑자기 다급하게 외쳤다.

"쪽방, 쪽방!"

할머니가 말한 쪽방은 계단 아래 창고처럼 쓰는 방이었다. 그 방에 들어서자마자 할머니는 오동나무로 짰다는 옛날식 쌀통 뚜껑을 열고 그 속을 한참 더듬거리다가 납작한 플라스틱 통을 하나 꺼냈다. 그리고 통 안에서 봉투를 들어냈다.

"안에 잘 있나 봐라."

봉투 안에 뭐가 들었는지 살펴봤다. 통장과 몇 가지 서류였다. 할머니는 서류를 확인하고서 봉투를 납작한 플라스틱 통 안에 도로 넣고는 뚜껑을 꼼꼼하게 닫은 다음 나에게 말했다.

"여기도 안 되겠다. 어디 다른 데 둘 만한 곳이 없겠나."

그제야 나는 왜 안방이 온통 뒤죽박죽이었는지 깨달았다. 삼촌은 바로 그 서류를 찾으려 한 것이다.

삼촌이 또 무슨 일을 꾸미는 걸까? 그때처럼 서류를 찾는지도 모른다. 하지만 서류를 걱정할 필요는 없다. 삼촌은 서류를 찾을 수 없을 것이다. 사실 삼촌이 서류를 찾는다고 해도 소용없다. 내 동의가 없으면 이 집을 팔 수 없으니까. 내가 삼촌 의견에 동의하지 않으면 그만이다.

삼촌이 이 집을 팔 수 있는 방법은 한 가지뿐이다. 내가 죽어야 삼촌은 이 집을 마음대로 할 수 있다. 삼촌이 나를 죽이지 않는 이상 삼촌보다 오래 살 확률이 높다. 그러니 삼촌은 오랫동안 이 집을 마음대로 할 수 없을 것이다. 나는 막연한 불안에 휩싸이지 않으려고 마음을 가다듬었다.

3장

1

막연한 불안은 며칠 뒤에 현실이 되었다. 시험이 끝나는 날이었다. 집에 가는 길에 사거리에서 성이를 만났다. 아이스크림 가게에서 각자 좋아하는 아이스크림을 골라 한 컵씩 들고 나섰다. 입 안에서 달콤한 캔디가 오도독 소리를 내며 터지자 기분이 좀 나아졌다. 아이스크림 덕분인지 오랜 친구와 함께 걷고 있어서인지는 모르지만, 아무튼 마음이 훨씬 가벼웠다. 내가 놓인 상황을 충분히 감당할 수 있을 것만 같은 생각이 들었다.

그런데 성이가 불쑥 물었다.

"어젯밤에 아무 일 없었지?"

"일? 무슨 일?"

성이 말로는 지난밤에 성이 할머니가 사라져서 집이 발칵 뒤집혔다고 했다. 가족들은 모두 할머니가 방에서 주무시는 줄만 알았는데, 자정이 다 되어 들어온 성이 아버지가 할머니 방을 들여다보니 성이 할머니가 없었던 것이다.

"그런데 할머니를 어디서 찾았는지 알아?"

"어딘데?"

"너희 집."

"우리 집?"

"그래. 라일락이 자란 쪽은 담이 낮잖아."

우리 집 라일락 군락 근처에 세운 담은 허술한 편이었다. 붉은 벽돌로 쌓아 올린 담은 내 어깨 정도 높이였다. 대신 빽빽하게 얽힌 나무가 충분히 담장 역할을 했다.

"할머니가 그 담 위에 앉아 계셨어."

"할머니가 거길 어떻게 올라가셨지? 아무리 담이 낮아도 할머니 혼자 올라가시기는 힘들 텐데."

"그러니까. 우리도 이상하게 생각했어. 어떻게 거길 혼자 올라가셨는지 말이야. 옷에는 흙이 잔뜩 묻었더라고. 그래서…… 혹시나……."

"혹시나, 뭐?"

"할머니가 혹시 너희 집 정원에 들어갔다가 나오신 건 아닌가 하고."

지난밤 성이 할머니가 우리 집에 들어왔다면, 와서 뭔가를 했다면 내가 가장 먼저 알아챘을 것이다. 안방은 정원을 향해 창이 나 있고, 창문 바로 앞에 책상이 있다. 만약 정원에서 작은 소리라도 났다면 내가 맨 먼저 내다봤겠지만, 지난밤에는 정원에서 기척을 전혀 느끼지 못했다. 하지만 다시 생각해 보니 밤에 정원에서 나는 소리에 신경을 쓴 적이 없었다.

만약 삼촌이나 고모, 순지가 2층 테라스에 나왔다가 정원에 누가 있는 모습을 봤다면 조용히 있지는 않았을 것이다. 그런데 지난밤 우리 집은 잠잠했다.

"아무 소리 못 들었는데?"

"아무튼 너희 집에서는 아무도 우리 할머니를 못 봤다는 거지?"

내가 고개를 끄덕이자 성이가 말을 이었다.

"그런데…… 우리 엄마 말이, 할머니가 너희 집에 가신 게 어젯밤이 처음이 아니라더라. 얼마 전에는 낮에 너희 집 대문 앞에 앉아 계셔서 엄마가 모셔 온 적도 있대."

"그래?"

"그런데 너희 할머니가 돌아가신 걸 모르시나 봐."

"모르시다니?"

"의사 말로는 너희 할머니 돌아가셨을 즈음의 기억을 잊어버렸을 수도 있대. 치매 증세가 그렇게 드러날 수도 있다네. 혹시라도 우리 할머니가 너희 집에 찾아가면, 놀라지 말고 나한테 연락 좀 해 주라."

"그건 걱정하지 마."

"그리고 참, 삼촌은 별일 없으시냐?"

"그건 왜?"

"집 팔려고 부동산마다 알아보고 다닌다던데."

"그걸 어떻게 알았어?"

"엄마 친구가 사거리에서 부동산 하니까. 엄마가 이 동네 정보는 좀 듣지."

"확실한 정보야?"

"집을 팔거나, 아니면 새 건물을 지어 올리거나. 둘 중에서 오락가락한다는 거 같던데."

"절대 그럴 일 없어!"

나는 다 먹은 아이스크림 컵을 구겨서 쓰레기통에 던져 넣었다.

"나도 그러길 바란다. 아무튼, 우리 할머니 보면 놀라지 말고 연락해 줘!"

멀어져 가는 성이를 보고 있자니 마음속에 숨어 있던 불안이 서서히 모습을 드러내는 것만 같았다. 온 동네가 다 아는데 나만 모르는 사건이 나를 찾아오고 있었다.

2

성이까지 삼촌의 움직임을 알 정도면 동네에서 알 만한 사람은 벌써 다 알고 있을 것이다. 겉으로는 조용해 보여도, 이 동네 사람들은 늘 다른 사람들의 삶을 주시하고 있다. 쉬쉬하기만 할 뿐, 누구네 집에서 어떤 물건을 사들였는지, 누구네 딸이 무슨 말썽을 일으켰는지 금세 소문이 퍼진다. 우리 집에 삼촌과 고모가 들어왔다는 얘기도 진작에 퍼졌을 것이다. 내가 미처 모르는 삼촌의 움직임을 동네 사람들은 다 알고 있을지도 몰랐다.

삼촌이 나 몰래 벌이고 다니는 일이 곧 내 앞에 당도할 것만 같았다. 삼촌에게 직접 물어볼까도 생각해 봤다. 그런다고 삼촌이 순순히 털어놓지는 않겠지만, 일단 무슨 일을 벌이고 다니는지 물어볼 기회를 엿보았다.

일요일, 막 정오를 지날 무렵이었다. 초인종 소리에 이어 누가 2층에서 계단을 뛰어 내려오는 소리가 요란하게 울렸다. 굳이 확인하지 않아도 삼촌이 분명했다.

나는 창으로 대문 쪽을 내다보았다. 대문이 열리자 낯선 사람들이 몰려 들어왔다. 정장을 차려입은 여자 뒤로 부부로 보이는 젊은 사람 둘과 노인 두 사람이 따랐다. 노인 두 사람도 부부 같았다. 앞서거니 뒤서거니 걸어 들어오는 사람들 사이에 여섯 살쯤 되어 보이는 여자아이도 있었다. 그리고 맨 뒤에서 약간 거리를 두고 들어오는 젊은 남자 한 명이 더 있었다. 여자아이가 사람들 사이를 헤치고 나와 앞장섰다.

내가 모르는 우리 친척일 수도 있겠다는 생각이 문득 들었다. 내 생각이 맞기를 바라면서 방문을 열고 거실로 나섰다. 주방에서 거실로 나오던 고모가 나를 보고 무슨 일이냐는 듯 어깨를 으쓱했다. 순지도 2층에서 내려오고 있었다. 마침내 현관문이 활짝 열렸다.

"아유, 선생님 안녕하세요."

정장 차림인 여자가 삼촌에게 인사했다. 그러고 나서 고모를 보더니 이렇게 인사했다.

"사모님, 안녕하세요."

고모가 한마디 하려는 듯 한 발짝 나섰다. 바로 그때, 삼촌이 고모를 가로막고 서서 눈을 찡긋했다. 가만히 있으라는 신호였다. 동시에 나를 향해서는 손바닥으로 막는 시늉을 했다. 나도 가만히 있으라는 뜻이었다.

"무슨 일인데?"

고모가 삼촌 귀에 대고 속삭이듯 물었다.

"이따가 얘기하자."

삼촌이 고모를 제지했다. 그사이 들이닥친 낯선 사람들이 모두 신발을 벗고 거실로 올라섰다. 그러자 정장 입은 여자가 그들을 안방 쪽으로 데려갔다. 그러고는 삼촌과 눈을 맞추더니 안방 문을 활짝 열어젖혔다.

"안방이 이렇게 큽니다. 훤하죠?"

사람들이 우르르 안방 문 앞에 모여 서서 방 안을 들여다보았다. 꼬마 여자애는 안방으로 뛰어 들어갔다가 냉큼 나오기까지 했다.

다음은 안방 옆에 있는 작은방 문을 열었다. 어린 시절 내가 쓰던 방이었다. 그 방은 간단하게 지나칠 만한 방이 아닌데 의외로 쓱 훑어보고만 지나갔다. 그 뒤로 주방, 욕실, 창고를 차례로 들락거렸다.

정장 차림의 여자를 제외한 다른 사람들은 3대로 이루어진 가족 같았다. 노부부, 젊은 부부, 여자아이, 여자아이의 삼촌쯤 되어 보이는 젊은 남자로 이루어진 대가족이었다. 그리고 그 가족을 데려온 정장 차림의 여자는 부동산 직원이었다.

"자, 이제 2층으로 올라가 보실까요!"

사람들이 일제히 계단 쪽으로 몰려갔다. 사람들을 2층으로 올려 보내면서 부동산 직원이 설명했다.

"3대는 물론이고 4대도 충분히 살 수 있는 집이에요."

아무도 부동산 직원의 말에 대답하지 않았다. 생각을 드러내지 말자고 미리 약속이라도 했는지 모두 입을 다물고 있었다.

2층 거실에 막 올라선 부동산 직원이 우렁찬 목소리로 말을 이었다.

"예전에 이 집 사장님 살아 계실 때는 이 가격엔 어림도 없었어요. 사겠다는 사람이 나섰는데도 예전 사장님이 몇 번이나 망설이다가 결국 안 팔았던 집이에요. 팔기 아까운 집이죠."

부동산 직원이 장황한 설명을 늘어놓았지만, 집을 보러 온 대가족은 여전히 입을 꾹 다물고 있었다.

"여기 이 테라스 좀 보세요. 요즘에 이런 집은 찾아보기 힘들어요. 예전 사장님이 오래오래 살려고 자재 하나하나 신경 써서 지으신 거랍니다. 철마다 수리도 꼼꼼히 하셨어요. 보이지 않는 구석구석까지 알차게 처리한 집이라 겨울엔 따듯하고 여름엔 시원하죠."

사람들이 테라스로 몰려 나가 이리저리 움직이는 발소리가 요란했다. 이곳저곳을 돌아다니는지 콩콩대는 소리도 들렸다. 한바탕 소란이 휩쓴 뒤, 모두 아래층으로 내려와 현관 앞에 모여 섰다.

"잘 봤습니다."

부동산 직원이 우리를 향해 허리를 굽히면서 인사했다. 그러자 부동산 직원 뒤에 서 있던 사람들도 단체로 허리를 굽혔다. 엉겁결에 우리도 다 같이 인사했다. 여자아이가 엄마 손에 끌려 나가면서 순지와 나에게 손을 흔들었다. 순지와 나도 손을 흔들어 주지 않을 수 없었다. 그렇다고 집을 팔 생각은 아니라는 뜻으로 웃지는 않았다.

대문까지 사람들을 배웅하고 들어오는 삼촌에게 고모가 물었다.

"저 사람들, 설마 집 보러 온 건 아니지?"

"맞아."

삼촌이 단호하게 답하면서 나를 노려보았다. 전과는 달리 표정에 자신감이 흘렀다. 그러더니 입을 열었다.

"다들 들었지?"

"뭘?"

고모가 즉시 되물었다.

"부동산 사장이 하는 말."

"아, 그 정장 입은 사람이 부동산 사장이야? 어디 부동산?"

삼촌과 고모가 나를 사이에 두고 말을 주고받았다.

"어딘지 말하면 알아? 어쨌든 우리 아버질 좀 알더라."

"부동산에서 아버질 어떻게 알아?"

"아버지가 이 집을 팔려고 부동산에 드나들었다는 말이지. 게다가 부동산에서 이 집 노린 게 어디 하루 이틀 일이야? 전에 아버지 살아 계실 때도 이 집에 눈독 들이는 사람이 한둘이 아니었다는데."

고모는 골똘한 표정으로 삼촌을 바라볼 뿐 반응이 없었다. 삼촌이 고모를 달래듯이 말했다.

"아버지도 이 집을 팔려고 했다잖아."

"부동산 사람들 말을 어떻게 믿어?"

고모가 애써 부드러운 목소리로 물었다.

"부동산에서 뭐 하러 그런 거짓말을 하겠냐?"

"그거야 공연히 하는 말이겠지. 어떻게든 거래를 성사시키려고."

"그건 아니야. 아버지가 이 집을 팔려고 했던 게 분명해. 몇 년 전에 아버지가 이 집을 팔고 아파트로 옮기려고 했다는 것까지 자세히 알던데? 아버지가 터무니없이 비싼 값을 받겠다고 우겨서 일이 잘 안 됐다고."

"진짜로?"

삼촌 말에 맞장구라도 치는 듯한 말투였다. 내가 나설 수밖에 없었다.

"그런 일은 없었어요!"

그러자 삼촌이 나를 정면으로 바라보며 말했다.

"네가 우리 아버지를 그렇게 잘 알아?"

나는 숨을 크게 쉬고 가슴을 펴면서 대꾸했다.

"그럼요. 할아버지랑 같이 산 사람은 저니까요."

"너한테 절대 말할 수 없는 사정도 있어!"

"저한테 말씀하지 않았다면 제가 신경 쓰지 않아도 되는 일일 겁니다. 할아버지가 전에 어떤 생각을 하셨든, 결국 이 집은 팔지 않기로 결정하셨습니다. 절대 팔지 말라는 유언도 남기셨고요."

"그래?"

삼촌이 조롱하듯이 나를 쏘아보았다. 나도 지지 않고 삼촌을 쏘아보았다. 삼촌이 먼저 내 시선을 피했다. 그런데 고모가 삼촌 의견을 북돋우는 말을 꺼냈다.

"아버지 좀 실망이네. 우리 몰래 집을 팔려고 했다니 말이야."

삼촌이 고모 팔을 붙잡고 주방으로 들어가면서 수군거리기 시작했다.

순지가 내 팔을 잡고 이끌었다. 우리는 현관 밖으로 나섰다. 많이 자라나기는 했어도 아주 멋대로 자라지는 않은 온갖 풀과 꽃과 푸성귀 들이 뒤섞여 온기를 뿜어내면서 천천히 일렁이고 있었다. 여름이었다.

"여름도 끝인가 보다."

내가 중얼거리자 순지가 받았다.

"이제 시작인데 뭘."

"시작할 때 끝도 보여."

혼잣말처럼 답하자 순지가 픽 웃으면서 말했다.

"넌 꼭 할머니처럼 말하네."

할머니는 7월이면 벌써 여름이 다 간 것처럼 이야기하

곤 했다. 할머니가 하던 말을 이제는 내가 하고 있었다.

"알고 있었어?"

순지가 물었다.

"뭘?"

"할아버지가 이 집 팔려고 한 거."

"응."

"충격이네."

"그게 왜 충격이야."

"절대 팔지 말라고 유언까지 남기셨으니까 그렇지."

순지나 고모, 삼촌에게는 충격일지 모른다. 팔지 말라는 유언까지 남긴 이 집을 할아버지가 팔려고 애쓴 적이 있었다. 하지만 할아버지는 결국 집을 팔지 않기로 했다. 그런데 할아버지가 집을 팔려고 했다는 사실이 삼촌에게 좋은 핑계가 되고 말았다. 할아버지도 팔려고 했던 집이니 그냥 팔자고 몰아붙일 더없이 좋은 구실이 생긴 것이다.

"그게 사실이면 삼촌이 가만있지 않을 텐데."

순지가 중얼거렸다.

"그때와 지금은 사정이 달라."

내가 찾아낸 답은 당장은 이 정도밖에 없었다.

할아버지가 돌아가시기 전에 있었던 일이다. 그해 봄에

사람들이 집을 보러 드나들었다. 꽤 구체적으로 의논한 사람도 있었고, 세 번이나 집을 보러 온 사람도 있었다. 그중에서도 이 집을 사려고 집요하게 시도한 사람은 어느 건축업자였다. 그 사람은 이 집이 아니라 집터에 눈독을 들이며 끈질기게 집값을 흥정해 왔다. 협박과 야유까지 일삼았다. 참다못한 할아버지는 크게 화를 내며 부동산에 내놓았던 집을 거두어들였다. 내가 아는 건 그 정도였다.

할아버지는 왜 집을 팔려 했는지, 그러다가 왜 마음을 바꾸었는지, 자세한 사정은 이야기해 주지 않았다. 어쨌든 분명한 건 할아버지가 결국 집을 팔지 않기로 했다는 사실이었다.

3

여름 방학이 시작되는 날이었다. 대문 안으로 들어서는데 1층 거실 창 앞에 자리를 차지한 러닝 머신이 보였다. 그뿐 아니라 삼촌 방에 있던 운동 기구들이 전부 나와 있었다. 때마침 삼촌이 현관문을 열고 나서기에 저 물건들이 왜 저기 나와 있는지 물었다.

"어디 마땅히 둘 데가 있어야지. 2층 거실에 두려 해도 네 고모가 저 난리고……."

"저 자리는 안 됩니다. 다른 데 두세요."

"그럼 어디에 두라는 거야!"

삼촌이 짜증이 가득한 말투로 소리쳤다.

"지하 창고요."

"지하 창고?"

삼촌 표정이 미묘하게 변했다. 찡그린 표정 같기도 했다. 내가 삼촌의 소중한 운동 기구를 음습한 지하 창고에 두라고 해서 기분이 나빠졌나? 아니면 적절한 장소를 찾아내서 안심하는지도 몰랐다.

오래전에 이 집은 연탄보일러를 사용했다. 세월이 지나면서 기름보일러로, 도시가스로 바뀌었다. 연탄을 보관할 필요가 없어진 뒤로 지하 창고는 잡동사니를 넣어 두는 공간이 되었다. 할머니와 할아버지는 오래된 물건을 많이 갖고 있었다. 자주는 아니어도 1년에 한두 번은 쓰는 물건, 아예 쓰지는 않지만 버릴 수는 없는 물건을 지하 창고에 넣어 두었다. 할아버지가 돌아가신 뒤에 지하 창고는 사라지기라도 한 듯이 잊혔다.

"일단 살펴보고."

삼촌이 앞섰다. 라일락 군락 쪽 모퉁이를 돌아 이끼가 두툼하게 깔린 시멘트 블록을 따라가면 벽에 붙은 계단이 있고, 그 뒤에 지하 창고로 내려가는 계단실 문이 보인다. 예전에는 벽에 붙은 계단 위에 문이 있었다. 주방에서 뒤꼍으로 드나드는 문이었는데, 몇 년 전에 막아 버렸다. 그래서 계단만 덩그러니 남았다. 할아버지가 철사로 칭칭 동여맨 긴 빗자루가 그 계단에 걸쳐져 있었다. 할아버지는 긴 빗자루로 뒤꼍을 쓸고, 높은 곳에 자리 잡은 거미줄을 걷어 내곤 했다.

계단실 문에 매달린 자물쇠 번호 세 개를 돌려 맞췄다. 할아버지와 할머니 그리고 나만 아는 번호였다. 창고 문을 열기는 거의 2년 만이었다.

할아버지가 있을 때는 가끔 창고에 들어갔다. 어릴 때 나는 창고 안을 무서워하면서도 좋아했다. 혼자 들어가기라도 하면 혼비백산 뛰쳐나왔지만, 할아버지나 할머니와 함께 들어가면 보물찾기라도 하는 것처럼 구석구석 뒤져 보곤 했다. 중학생이 되면서부터 지하 창고는 내 관심에서 멀어졌다. 어쩌다 심부름할 때 말고는 일부러 찾아 들어가지 않았다.

창고 자물쇠는 비밀번호를 맞춘 뒤 살짝 비틀며 돌려야

했다. 나는 손힘을 조절하면서 자물쇠를 돌렸다.

툭.

자물쇠가 열렸다. 자물쇠를 빼내고 나도 모르게 발로 문 아랫부분을 탁 찼다. 이 문은 그렇게 열어야 했다. 까맣게 잊고 있던 일을 내 손과 발이 모두 기억하고 있었다.

그 문을 열고 계단 몇 개를 내려가면 오른쪽으로 문이 또 나온다. 그 문은 자물쇠를 채우지 않고 걸쇠를 밀어 넣어 두기만 했다. 그러지 않으면 문이 안으로 밀려 들어가기 때문이었다.

녹슨 걸쇠를 빼내고 문을 가볍게 밀었다. 문이 천천히 열리자 눅눅한 공기가 뭉클 움직이는 것 같았다. 습기와 곰팡내가 뒤섞여 무거워진 공기는 문이 열려도 밖으로 쉽사리 빠져나가지 못했다.

나는 천장에 매달린 알전등 스위치를 돌렸다. 언제 끼웠는지 알 수 없는 알전등에 오렌지색 불이 들어왔다.

지하 창고는 1층 주방과 같은 넓이에 천장 높이만 조금 낮았다. 예전엔 꽤 넓다고 생각했던 창고가 이제는 좁게 느껴졌다. 나무 박스들과 돗자리, 거대한 바구니와 고무통 같은 물건들이 벽을 따라 나름의 질서에 맞춰 정리되어 있었다. 할머니와 할아버지의 질서였다.

러닝 머신을 넣어 두기에는 충분한 공간이었다. 그렇지만 통째로 들여놓기는 힘들고, 해체해서 옮겨야 문을 통과할 수 있을 것 같았다.

"휘익!"

삼촌이 갑자기 휘파람을 불었다. 그러더니 지하 창고 맨 안쪽 벽 앞으로 성큼 다가가면서 말했다.

"이야. 여태 안 무너진 게 용하네. 언제 무너질지 불안해서 어디 살겠냐."

나도 삼촌이 마주 보고 있는 벽 쪽으로 다가섰다. 당연하게도, 벽을 마감한 시멘트가 떨어져 내렸다. 몇십 년 전에 만든 지하 창고의 벽이 멀쩡하다면 더 이상할 것이다.

"야, 이거 봐라. 물까지 샌다."

삼촌이 가리킨 벽을 자세히 들여다봤다. 물이 흘러내린다기보다 습기가 찬 것 같았다. 할아버지가 돌아가신 뒤로 환기조차 시키지 않았으니 그럴 만도 했다.

"이건 누수야, 누수."

"환기한 지 오래돼서 그래요."

"여기 넣어 뒀다간 금방 고물 되겠다."

삼촌이 한마디 내뱉고 계단으로 발길을 돌렸다. 계단을 앞서 올라가며 삼촌이 중얼거렸다.

"이거 집이 너무 낡아서 팔려 해도 속 좀 썩……."

"안 팝니다."

삼촌 말이 채 끝나기 전에 내가 잘랐다. 의도하지는 않았는데 너무 냉정하게 말했나 싶기도 했다. 역시나 삼촌은 그렇게 느꼈다. 삼촌이 억울함을 토로하듯이 말했다.

"넌 뭘 그렇게 뻣뻣하게 굴어."

나는 대답하지 않았다. 호락호락하게 굴면 삼촌이 어떻게 나올지 알 수 없었다. 할아버지가 알려주었다시피 차라리 악하게 굴어야 할 때가 분명 있었다.

계단을 오르는 삼촌 뒷모습을 보니 불편한 감정이 고개를 들었다. 아주 어릴 때부터 그랬다. 삼촌은 나에게 한 번도 편안한 뒷모습을 보여 주지 않았다. 언제나 불만에 가득 차서 쿵쾅대며 집을 나가곤 했다. 그 뒷모습이 요구하는 바는 늘 같았다. 할아버지의 돈이었다. 할아버지가 돈을 주지 않으면 떼쓰는 아이처럼 발을 구르면서 집을 뛰쳐나갔다.

삼촌과 나 사이를 가로막는 불편함은 그뿐만이 아니었다. 삼촌과 나 사이에는 또 다른 문제가 있었다. 우리 부모님과 관련된 문제였다.

나는 아버지와 어머니의 얼굴을 모른다. 사진으로만 본

적이 있다. 어머니는 고모 친구였다고 들었다. 아버지는 고등학교를 졸업한 뒤로 이 집에서 나가 살았다고 한다. 결혼해서도 이 집에 들어오지 않았다. 그러다 내가 태어난 지 2년이 채 안 되었을 때였다. 고모에게 나를 맡기고 두 사람만 외출한 날, 자동차 사고가 났다. 아버지와 어머니는 그 사고로 세상을 떠났다.

내가 어렸을 때, 고모와 삼촌이 언성을 높이면서 싸운 적이 있었다. 아직도 그날의 기억이 선명하다. 그날 고모는 삼촌을 향해 온갖 악담을 퍼부었는데 그중에는 부모님에 관한 이야기도 있었다. 그때 고모는 우리 부모님의 사고에 삼촌 책임이 크다고 말했다. 정확히 어떤 책임인지는 모르겠지만, 그 이야기가 고모 입에서 나온 뒤로 삼촌과 나 사이에는 불편함이 생겼다.

삼촌과 나는 우리 부모님 이야기를 한 번도 나눠 보지 않았다. 하지만 삼촌과 나 사이에는 돌아가신 아버지와 어머니가 늘 존재한다.

4

창고에서 올라와 모퉁이를 돌아 정원 앞쪽으로 나왔다. 그때였다. 대문이 슬며시 열리더니 성이 할머니가 안으로 들어섰다.

대문이 열려 있었나? 조금 전에 들어오면서 대문을 꽉 밀어 닫지 않았나? 집 안에 순지가 있었나? 순지가 대문을 열어 줬나? 대문 열리는 소리를 못 들었는데……. 이런저런 생각을 하며 성이 할머니 쪽으로 다가가 인사부터 했다.

"할머니, 오셨어요?"

그러자 성이 할머니가 말했다.

"할미 있자?"

우리 할머니가 살아 있을 때 받던 질문이었다. 성이 할머니는 우리 할머니가 돌아가신 줄 모르는 것 같았다. 성이 말이 맞나 보다. 우리 할머니도 지난 1년간 치매로 고생했다. 그래서 치매가 온 사람을 어떻게 대해야 하는지 알고 있었다.

나는 잠깐 망설이다가 이렇게 대답했다.

"할머니 주무시는데요."

"그럼 자게 둬. 난 여기 좀 살펴보다 가려니까."

성이 할머니는 작년에도, 재작년에도 그랬던 것처럼 현관 계단 쪽으로 갔다. 계단 옆쪽 구석에 호미, 낫, 괭이 같은 농기구들이 있었다. 호미를 찾아 든 성이 할머니가 거실에 놓인 러닝 머신을 올려다보았다.

"저게 왜 여기 있는 거여."

"치울 거예요."

"그려, 얼른 치워. 뼈다귀를 훤한 데 두면 못써."

성이 할머니가 호미를 들고 정원 복판으로 나서면서 중얼거렸다. 삼촌도 성이 할머니가 좀 이상하다고 여기는 눈치였다.

"오셨어요."

삼촌은 성이 할머니에게 인사하더니 내 팔을 잡아끌며 집 안으로 들어갔다. 그리고 현관에 들어서자마자 밖을 향해 턱짓하면서 물었다.

"저 노인네가 왜 자꾸 우리 집에 오는 거냐?"

"언제 또 오셨는데요?"

"내가 놀란 게 한두 번이 아니다."

삼촌은 성이 할머니가 그동안 우리 집에 자주 드나들었다고 말했다. 낮에 집에 있다가 우리 집을 찾아온 성이 할머니와 맞닥뜨릴 때마다 대문을 열어 주었다고 했다.

"우리 할머니가 살아 계실 때 매일 오셨어요. 우리 정원이 성이네 할머니 텃밭이나 마찬가지니까요."

"야, 이거 걸리적거리는 게 한둘이 아니네. 이거야, 원."

"무슨 소립니까?"

"그건 알 거 없고. 그냥 모른 척해도 괜찮겠냐?"

"성이가 모시러 올 겁니다."

정원에 구부려 앉아 호미질하는 성이 할머니를 보며 삼촌이 혀를 차고는 2층으로 올라가 버렸다.

성이에게 문자를 보내 놓고 밖을 내다보았다. 할머니는 풀을 뽑아내느라 여념이 없었다. 나에게는 익숙한 모습이었다. 우리 할머니가 있었다면 역시 정원 어딘가에서 성이 할머니처럼 일에 몰두하겠지. 불과 몇 달 전만 해도 그랬는데, 이제는 먼 옛날 일 같았다.

다 삼촌 탓이라고 생각했다. 삼촌이 집에 들어오지만 않았어도, 집을 팔자고 나를 들볶지만 않았어도, 할머니 기억이 그렇게 오래전 일처럼 느껴지지 않았을 것이다. 나는 의자를 끌어내 앉았다.

금방 올 것처럼 말하던 성이는 한 시간이 지난 뒤에야 왔다. 큼직한 반찬 통을 안고 와서 내 앞에 내밀었다.

"갈비찜. 엄마가 보냈어."

성이 할머니는 성이가 온지도 모르고 땅에 반쯤 파묻히다시피 일에 열중하고 있었다.

"아이고, 이놈의 것들은 왜 이리 무시로 자라."

혼잣말을 중얼대며 일에 푹 빠진 할머니를 향해 성이가 외쳤다.

"할머니, 가요!"

그러자 성이 할머니가 일곱 살짜리를 대하듯 우리에게 말했다.

"너희는 저리 가서 놀아!"

그날 밤이었다. 주방에서 삼촌과 마주쳤다. 삼촌은 맥주를 마시고 있었다. 평소 안주로 삼던 멸치와 고추장 없이 맥주뿐이었다.

"이 집 팔고 나서도 성이 할머니가 드나들면 곤란한데."

삼촌이 혼잣말처럼 나직이 말했지만, 결국 나 들으라고 하는 말이었다.

"집 안 팝니다."

내가 할 수 있는 답은 그것뿐이었다. 그러자 삼촌이 말했다.

"시간이 별로 없어."

"무슨 시간이요?"

내가 되묻자, 삼촌이 나를 쳐다보며 대답했다.

"요즘처럼 부동산 경기가 좋을 때 서둘러야지, 아니면 팔기 힘들어. 특히나 이렇게 덩치 크고 낡은 집은……."

"삼촌."

나는 할 수 있는 한 감정 없는 목소리로 삼촌을 불렀다. 그러자 삼촌이 나를 올려다보았다. 뭔가를 간절히 기대하는 눈이었다.

"이 집, 안 팝니다."

"안 팔면 뭐 하게."

"이 집을 어디에도 이용하지 않을 겁니다."

"그럼 그냥 썩혀? 쓸모없이?"

"네. 아무 쓸모도 없게 그냥 둘 겁니다."

"제값 받을 수 있을 때 팔아야지. 부동산 경기 상승세도 지금이 반짝이야. 경기 가라앉으면 이렇게 오래된 집은 진짜 못 팔아!"

"상관없습니다."

"난 상관있어!"

"삼촌이 상관할 일이 아닙니다."

그러자 삼촌이 가만히 나를 보았다. 감정이 격해졌는지 차분해졌는지 알 수 없었다. 맥주 때문에 표정이 풀어져서 그렇게 보이는지도 몰랐다.

삼촌이 시선을 내리고 한숨을 내쉬더니 말했다.

"그런 고집은 대체 어디서 배웠냐?"

"할아버지 유언을 지킬 겁니다."

"아, 그러니까 그놈의 유언 소리가 나와서 말인데! 우리 아버지도 이 집을 팔려고 했다잖아!"

"결국 안 팔기로 하셨잖습니까! 할아버지는 제가 잘 압니다."

"네가 우리 아버지를 그렇게 잘 알아?"

"네. 잘 압니다."

"넌 모른다."

"뭘요."

"우리 아버지가 어떤 사람인지."

"삼촌도 모르는 게 많습니다."

"뭘?"

"할아버지가 어떤 분인지요."

"넌 우리 아버지를 대단히 훌륭한 사람인 줄 아는 모양인데, 우리 아버지는……."

"할아버지가 친구를 속여서 이 집을 가로챘다고 생각하시는 거 압니다."

"그건 어떻게 알았냐?"

"다 들었습니다. 옛날에 할아버지가 아니었으면 이 집은 헐값에 넘어갔을 겁니다. 그걸 알고 할아버지가 무리해서 집을 사셨다고 들었습니다. 그래서 할아버지 친구분도 부도를 면했고요. 이 집을 사지 않았더라면 훨씬 좋았을 텐데, 친구의 부도를 막느라 할아버지는 다른 기회를 포기하신 걸로 압니다."

"그렇게 들었단 말이냐?"

"네."

"그렇게 힘들여 구해 준 친구가 한밤중에 칼을 들고 이 집에 쳐들어온 이유가 뭔지는 말씀 안 하셨고?"

삼촌이 내 앞에서 '칼' 이야기를 직접 꺼내기는 처음이었다. 칼 이야기는 우리 집에서 금기였다. 어른들만 알아야 하고, 순지와 나는 절대 알아서는 안 되는 이야기였다.

그래도 우리 부모님 기일이 되면 그 이야기가 흘러나왔다. 순지와 나는 알아듣지 못하게 에둘러 말해서 우리 귀에는 암호처럼 들렸지만, 자라면서 사연을 조금씩 알게 되었다. 그 이야기에는 가족 모두가 관련되어 있고, 모두 조금씩 책임이 있다는 사실 또한 알았다. 하지만 사건의 전말은 알 수 없었다.

삼촌과 칼에 얽힌 이야기를 나에게 직접 해 준 사람은 할머니였다. 할아버지가 돌아가시고 나서 할머니는 치매 상태에 빠지면 그 이야기를 꺼냈다. 기록을 받아 적기라도 하라는 듯이 중얼거리곤 했던 것이다.

내가 태어나기도 전에 일어난 일이었다. 그때 삼촌은 중학생이었고, 아버지는 고등학생이었다. 어느 날 한밤중에 할아버지 친구가 칼을 들고 집에 쳐들어왔다고 한다. 신발을 신은 채 들어온 그 사람은 할아버지를 찾았다. 그러더니 거실로 나온 할아버지 목에 칼을 들이대고는 당장 죽이겠다고 소리쳤다.

삼촌과 아버지는 소란에 놀라 가장 먼저 1층으로 뛰어 내려왔다. 그리고 망설임 없이 그 사람에게 달려들었다. 네 사람은 서로 뒤엉킨 채로 소리를 질러 댔다. 조금 늦게 거실로 달려 나온 할머니가 어떻게 해 보기도 전에, 계단 중간에 선 고모가 찢어질 듯 비명을 질렀다. 모두 당황한 와중에 삼촌이 칼을 뺏으려고 할아버지 친구에게 다시 덤벼들었다. 바로 그때, 그 사람이 칼을 휘둘러 삼촌 팔을 깊게 베었다. 칼은 바닥으로 떨어졌고, 순식간에 아수라장이 되었다. 피가 솟았고, 할아버지 친구와 할아버지가 삼촌을 업고 병원으로 뛰었다.

"결국 피로 값을 치르고 나서야 오해를 풀었지."

할아버지 친구는 오해하고 있었다. 자기가 짓는 집을 할아버지가 탐낸 나머지 자기 사업이 부도나게끔 뒤에서 수를 썼다고 잘못 알고 있었던 것이다. 할아버지가 이 집을 탐내긴 했지만, 이 집을 가지려고 친구를 속이지는 않았다. 할아버지 친구를 속인 사람은 어떤 건축업자였다. 그 사람이 할아버지 친구가 부도를 맞도록 수를 쓴 장본인이었다. 오히려 할아버지는 친구가 부도를 맞자 가장 먼저 손을 썼다. 할아버지는 다른 사람에게 집이 넘어가기 전에 서둘러 친구의 채무를 정리했고, 집을 사들여 공사를 마무리했다.

일이 해결된 뒤로 줄곧 할아버지 친구는 할아버지가 자기를 망하게 했다고 생각했다. 일부러 일을 꾸며서 이 집을 싼값에 빼앗아 갔다고 여겼다. 그렇게 생각하게끔 부추긴 사람은 할아버지에게 선수를 빼앗긴 건축업자였다. 이 집을 차지하지 못하자 두 사람을 이간질했던 것이다. 건축업자는 집을 되찾아야 한다고 할아버지 친구를 부추겼다.

억울함과 분노에 휩싸인 할아버지 친구는 결국 칼을 들

고 이 집에 들이닥쳤다. 할아버지를 위협해서 집을 다시 돌려받을 작정이었다. 그런데 아무 잘못도 없는 아이가 칼에 찔려 다치고 말았다. 그 일을 계기로 두 사람은 그간 있었던 일들을 확인하면서 앞뒤 사정을 맞춰 볼 수 있었다. 그제야 겨우 오해를 풀었다.

그런데 할머니는 오해를 푼 것이 아니라 그저 덮었을 뿐이라고 했다. 할아버지가 친구 집을 빼앗으려고 수를 쓰지는 않았지만 결국은 빼앗은 셈이라고도 했다. 어찌 됐든 친구가 망하는 기회를 이용했기 때문에 할아버지 친구는 가슴속에 울분을 쌓아 왔고, 그래서 건축업자의 거짓말에 솔깃했는지도 모른다. 그런데 삼촌이 다치는 바람에 할아버지 잘못이 덮어진 것이다.

삼촌이 칼에 찔려 크게 다쳤지만 아무도 경찰에 신고하지 않았고, 대신 할아버지 친구는 이 집을 더는 문제 삼지 못했다.

"네 삼촌 핏값으로 다 덮은 거지."

할머니는 삼촌이 할아버지와 번번이 어긋나는 데는 바로 그 핏값이 있기 때문이며, 할아버지가 평생 삼촌 요구를 들어준 이유도 핏값을 갚기 위해서라고 했다.

5

불현듯 서러움이 가슴 깊은 곳에서 올라올 때가 있다. 할아버지가 돌아가셨을 때는 실컷 슬퍼할 수 있었지만 할머니가 돌아가신 뒤에는 슬픔을 들킬까 봐 조심해야 했다. 하지만 아무리 조심해도 예기치 않은 순간 불쑥 설움이 북받쳐 올랐다. 그런 날은 방문을 잠그고 숨어야 했다. 순지 얼굴조차 보고 싶지 않았다.

저녁이 다 되어 갈 무렵에 초인종이 울렸다. 초인종 소리와 동시에 2층에서 계단을 뛰어 내려오는 소리가 쿵쿵 울렸다. 확인하지 않아도 삼촌이 뻔했다. 나는 창문 앞으로 가서 대문 쪽을 내다보았다. 대문이 열리자 사람들이 들어섰다. 얼마 전 집을 보러 왔던 일가족임을 금방 알아볼 수 있었다. 꼬마 여자애도 함께였던 그 사람들이었다.

나는 거울 앞에서 두 손으로 마른 얼굴을 한 번 비볐다. 그리고 방에서 나와 현관 쪽으로 빠르게 걸어갔다. 순지도 계단 중간쯤까지 내려와 있었다. 순지가 뭔가 단단히 각오한 듯한 표정으로 허리를 쭉 폈다.

"아, 하하. 이 집은 한여름에 에어컨 없이도 삽니다."

맨발로 현관까지 나섰던 삼촌이 거실로 들어서면서 외

쳤다. 더위에 기가 죽을 만도 한데 집을 보러 온 사람들은 활기찼다. 지난번에 왔을 때와 달랐다. 결의를 다지듯 서로 눈빛을 주고받으며 거침없이 거실로 올라섰다.

그 모습을 지켜보던 순지가 2층으로 도로 올라갔다. 나도 뭘 해야 할지가 생각났다. 나는 안방으로 뛰어 들어가 할 수 있는 한 방을 잔뜩 더럽혔다. '더럽히기'는 '어지르기'와는 좀 다르다. 어질러진 방은 치우면 된다는 계산이 서지만, 더러운 방에서는 혐오를 먼저 느낀다. 더러운 공간은 기분을 망치고 그 장소를 피하게 한다.

집을 보러 온 사람들이 그 혐오감을 느껴 이 집에 살면 재수 없는 일만 생기겠다고 여기게끔 쓰레기통을 들쑤셔 놓고, 시트를 침대 아래로 끌어 내리고, 뭔가를 급히 숨기려던 것처럼 장롱 문틈을 벌려 놓았다. 께름칙하고 수상한 느낌이 들게 잡동사니를 대충 얹어 놓기도 했다. 사람들이 거실과 욕실을 둘러보는 그 짧은 시간 동안 정신없이 방을 엉망으로 만들었다.

똑똑.

안방 문 두드리는 소리가 났다. 나는 책상 의자에 앉아 들어오시라고 짧게 답했다. 문이 열리더니 곧 닫혔다가 이내 다시 열렸다.

"실례 좀 할게요."

부동산 직원이었다. 나는 의자를 뒤로 끼익 빼내며 일어섰다. 부동산 직원이 한 걸음 뒤로 물러나면서 길을 터 주자 사람들이 방 안으로 들어섰다. 하지만 깊숙이 들어서지는 못했다.

"안방이 이렇게나 넓습니다. 요즘은 이런 방 없어요."

부동산 직원이 천장을 보면서 방 넓이를 가늠해 보라는 듯이 두 손바닥을 위로 펼쳤다. 어질러진 방바닥을 알아차리고 사람들 시선을 위로 끌어 올리는 듯했다.

"그런데 이 집은 안방을 학생이 쓰네……."

일가족 가운데 누가 속삭였다. 그 낮은 속삭임을 알아들은 삼촌이 문밖에 선 채 말했다.

"요즘은 애들이 왕입니다. 하하."

그러자 모두 긴장을 푼 듯이 술렁거렸다.

"다 그렇죠."

가족들 가운데 할머니가 성큼 창가 쪽으로 걸어갔다. 창 앞에 멈춰서 밖을 내다보는가 싶더니, 다시 방문을 향해 발걸음을 세면서 걸었다. 꼬마의 엄마가 할머니 곁을 따라 걸으면서 속삭였다.

"장롱이 충분히 들어오겠어요."

"그럴 것 같네."

넓이를 잰 두 사람이 문밖으로 나가자 부동산 직원이 나머지 사람들을 몰아내면서 말했다.

"자, 이 집은 안방 옆에 큰 방이 또 있습니다. 아이 방으로 써도 되고 서재로 써도 되는 아주 조용한 방이죠."

나도 사람들 뒤를 따라갔다. 이번에는 우주 은하단이 숨어 있는 방으로 사람들이 몰려 들어갔다.

탁.

삼촌이 벽에 붙은 스위치를 누르자 불이 밝혀졌다. 나는 갑자기 부끄러웠다. 알리고 싶지 않은 비밀을 들킨 기분이었다. 다행히 사람들은 내 어린 시절의 비밀에는 별로 관심이 없는 모양이었다. 사람들은 오직 방 크기에만 관심을 쏟았다.

"이 방만 해도 웬만한 집 안방 크기예요."

부동산 직원 말에 다들 고개를 끄덕거렸다.

"자, 이번에는 주방으로 가실까요."

부동산 직원의 말이 끝나자마자 삼촌이 스위치를 다시 눌렀다.

탁.

불이 꺼졌다.

"와, 별이다!"

꼬마가 탄성을 질렀다. 천장과 벽에 숨어 있던 형광 별 스티커들이 희미하게 드러난 것이다.

"이 방은 아이가 쓰면 되겠네요."

부동산 직원이 부드럽게 말했다. 그러자 사람들이 은하수 사이를 날아가는 파랑새라도 본 듯 서로 얼굴을 마주 보면서 미소 지었다. 사람들이 그 방에서 나오자마자 나는 방문을 꽉 당겨 닫았다.

다음은 주방이었다.

"싱크대가 좀 구식이긴 해도 이게 전부 원목입니다. 요즘 유행하는 코팅 씌운 싸구려 재질과는 격이 다르죠."

부동산 직원의 설명에 꼬마의 할머니가 고개를 끄덕였다. 주방이 마음에 든다는 뜻 같았다.

"조금만 손보면 되겠어요."

꼬마의 엄마가 할머니 귀에 대고 소곤거렸다. 부동산 직원이 블라우스 소매를 펄럭이며 주방에서 나가자 일가족 모두 그 뒤를 따랐다. 그 순간 삼촌과 내 눈이 마주쳤다. 삼촌이 나를 지그시 쏘아보더니 득의만만한 표정으로 어깨를 펴고 당당하게 사람들 뒤를 따라 나갔다.

그들이 2층으로 오르는 계단 맨 아래에서 올라서거니

내려서거니 하며 복작거릴 때였다. 사람들이 더는 이 집을 들쑤시고 다니게 해서는 안 되겠다는 생각이 들었다. 이러다가 나도 모르는 사이에 집이 팔릴 것만 같았다. 나는 최후통첩을 하듯 외쳤다.

"이 집은 안 팝니다."

내가 외치자 모든 시선이 나에게로 쏟아졌다. 나는 다시 외쳤다.

"이 집은 팔지 않습니다."

그러자 부동산 직원이 턱짓으로 나를 가리키면서 삼촌에게 외쳤다.

"선생님!"

나를 처리하라는 투였다. 이번에는 사람들 시선이 모두 삼촌 쪽으로 쏠렸다. 삼촌이 머리칼을 깊이 쓸어 넘기며 말했다.

"아, 신경 쓰지 마세요. 우리 애가 이 집에서 자랐고, 할머니 돌아가신 지 얼마 안 돼서……."

그러자 굳어 있던 사람들이 자세를 풀면서 수군거렸다.

"학생이 할머니를 무척 따랐나 봅니다."

지금까지 한 마디도 하지 않던 꼬마의 아버지가 굵직한 목소리로 말했다. 그 말이 신호라도 됐는지 사람들이 2층을 향해 움직였다.

"집은 안 팝니다!"

내가 다시 한 번 외쳤다.

"선생니임!"

이번에는 부동산 직원이 삼촌을 향해 짜증을 냈다. 삼촌이 대처하기 전에 내가 다시 알렸다.

"이 집은 제 소유입니다. 집은 안 팝니다."

그러자 부동산 직원이 계단 한 칸을 내려서더니 사람들을 보면서 말했다.

"저 나이 때는 원래 다루기 힘들죠. 우리 집에도 저 또래가 하나 있어서 잘 알아요. 사춘기 애들이란 시한폭탄이나 마찬가지니까요."

사람들이 술렁대며 부동산 직원 말에 고개를 끄덕였다. 그러자 부동산 직원이 뒤이어 수습했다.

"자, 이제 2층으로 올라가 보실까요?"

그 순간, 내가 발로 거실 바닥을 탕 소리 나게 굴렀다. 그리고 소리쳐 말했다.

"2층에는 정신병자인 제 사촌이 있습니다. 올라가면 무슨 짓을 할지 모릅니다!"

그때였다. 2층에서 무언가 한꺼번에 쏟아져 내리는 소

리와 함께 비명이 울렸다. 순지였다. 사람들이 단숨에 계단 아래로 우르르 내려왔다.

"뭔가 착오가 있는 것 같네요."

부동산 직원이 사람들을 진정시켰다. 내가 바로 맞받아쳤다.

"착오는 없습니다. 서류 보시면 알겠지만, 이 집 소유자는 접니다. 그리고 집은 안 팝니다."

"하지만 선생님이……."

부동산 직원이 삼촌을 바라보며 얼버무렸다.

"아, 너무 오냐오냐 키워 놔서……. 이거 죄송합니다."

삼촌 역시 얼버무리면서 부동산 직원과 눈치를 주고받았다.

"일단…… 오늘은 이 정도로 보실까요? 갑작스럽게 와서 학생이 놀란 것 같네요."

부동산 직원이 밖으로 몰아가듯 팔을 휘젓자 사람들은 열려 있는 현관문 밖으로 얼결에 몰려 나갔다.

부동산 직원이 어정쩡하게 선 삼촌과 눈빛을 주고받던 때였다.

"으억."

누군가 짧게 신음을 내뱉었다.

"저기, 저기……."

현관 밖에 나가 있던 일가족이 공포에 질린 듯한 얼굴로 웅얼거렸다.

나는 밖으로 급히 튀어 나갔다. 어둠이 깔리는 정원 건너 대문간에서 누가 안으로 들어오고 있었다. 사람인지 아닌지 분간하기 힘들었다. 늙고, 왜소하고, 구부정한 검은 그림자였다. 검은 그림자는 현관이 아니라 대문 옆 담벼락으로 천천히 걸어 들어갔다.

꼬마의 아빠가 꼬마를 급히 안아 올리고, 일가족은 당장 대문을 향해 뛰었다. 부동산 직원도 그 뒤를 따라 뛰었다. 곧이어 대문 닫히는 소리가 울렸다.

6

나는 슬리퍼를 꿰고 정원으로 나갔다. 삼촌이 내 뒤를 따라나서면서 화를 참는 듯한 투로 말했다.

"대체 뭐냐?"

"성이네 할머니가 오셨나 보네요."

"그걸 모르냐? 왜 이 시간에 여길 왔냐는 거지."

"모르죠."

"몰라?"

삼촌이 바싹 뒤따라오던 걸음을 늦추었다. 나는 빠른 걸음으로 성이 할머니에게 다가가 인사했다.

"오셨어요."

성이 할머니가 돌아보지도 않은 채 말했다.

"안에 있쟈?"

늘 똑같은 물음에 나는 이렇게 답할 수밖에 없었다.

"네."

"자?"

"네."

"그럼 그냥 자게 둬. 난 이거 조금 손보고 가려니까."

성이 할머니는 현재가 아니라 과거의 어느 날을 살고 있었다. 나는 휴대폰을 꺼내 성이에게 문자를 보냈다. 그리고 두어 걸음 떨어져 서 있는 삼촌에게 조금 큰 소리로 말했다.

"금방 모시러 온대요."

삼촌이 다시 현관을 향해 뛰듯이 걸어 들어갔다. 어쩌면 성이 아버지가 할머니를 모시러 올지도 몰랐다. 삼촌은 성이 아버지와 마주치고 싶지 않을 것이다. 이 동네 어른들은 성이 아버지는 쓸 만한 사람으로, 삼촌은 불한당 같은 짓만 일삼는 사람으로 여긴다. 삼촌이 그걸 모를 리 없었다.

"난 없다고 해라."

삼촌이 집 안으로 모습을 감추며 소리쳤다. 갑자기 벌레들이 한꺼번에 울기 시작했다. 온 천지가 풀벌레 울음소리로 가득 찼다.

현관문이 다시 열리면서 긴 그림자가 계단 아래까지 내려왔다. 순지였다. 나는 팔을 들어 올려 순지에게 신호를 보냈다.

순지가 물었다.

"사람들이 뭐래?"

"두 번 다시 안 올 거 같더라."

"왜?"

"겁먹었겠지."

나는 성이 할머니 쪽을 바라보았다. 그러자 순지가 영문을 모르겠다는 듯 나를 보며 물었다.

"성이네 할머니는 언제 오셨어?"

"그 사람들 나갈 때. 다들 성이네 할머니가 유령인 줄 알았나 봐."

"잘됐네."

"뭐가?"

"이 집에 정신병자도 살고 유령도 떠돈다는 소문이 쫙 퍼졌으면 좋겠어. 그러면 아무도 이 집에 눈독 들이지 않을 거 아냐."

"그런 소문이 돈다고 사람들이 무서워할까? 저 아래 정원 넓은 집은 공사할 때 해골이 나왔는데도 사람들이 별 상관을 안 했대."

"나도 엄마한테 비슷한 얘기를 들은 적 있어. 옛날에 엄마 어릴 때 외할아버지가 짓는 집터에서 해골이 나와서 제사를 지내 줬대. 그러면서 요즘 업자들은 죽은 자에 대한 예의가 없다고 하더라."

"공동묘지 자리에 생기는 아파트도 있는데, 뭐."

"하긴 외할아버지가 우리한테 준 신도시 아파트 말이야, 그 아파트 바로 뒤에 공동묘지가 있어. 처음 봤을 땐 오싹했는데 자꾸 보니까 아무렇지도 않더라. 이 집터에도 해골이 있을까?"

"할아버지가 이 집 처음 지을 때부터 지켜봤지만 그런 일은 없었대. 여기가 터는 평범한데 집이 잘 들어선 거라고 하셨어."

"할아버지가 풍수지리를 보셨대?"

"풍수지리는 상관없다고 하셨어. 어차피 대도시는 옛날 관점으로 보면 안 된대."

"그럼 어디건 다 마찬가지라는 말이네."

"보기 좋은 집과 살기 좋은 집이 있다고는 하시더라."

"이 집은 어느 쪽이래?"

"살기 좋은 집이었는데 좀 바뀌었대. 건물들이 들어서는 바람에 동네 전체가 어수선해져서 정신이 사납다고."

"그러면 외삼촌 말마따나 파는 편이 나을지도 모르겠다. 아니면 다른 집들처럼 높이 올리거나."

"너도 결국 그 말이야?"

"생각해 보자는 거지. 엄마랑 나는 새로 시작하기로 했어. 난 돈이 넉넉한 환경에서 마음 편하게 살고 싶어. 엄마랑 둘이서 행복하게. 우리 엄마 아빠도 빚 때문에 이혼했잖아."

"참, 고모부는 잘 지내셔?"

"며칠 전에 연락 왔어."

순지에게 고모부 얘기를 꺼낸 적은 없었다. 순지가 생각하는 고모부와 내가 생각하는 고모부는 좀 달랐다. 순지만큼 고모부를 잘 알지는 못하기 때문에 오해하는 것일 수도 있다. 그렇지만 내가 아는 고모부는 삼촌과 크게 다르지 않은 사람이었다.

할아버지가 있을 때 가끔 고모부가 집에 찾아왔다. 주로 고모와 함께 왔지만 고모부만 오기도 했다. 어느 날 밤, 홀로 불쑥 찾아온 고모부가 할아버지 앞에 무릎까지 꿇으며 이 집을 담보로 대출 좀 받게 해 달라고 부탁했다.

"한 번만 살려 주십시오."

그러나 할아버지는 딱 잘라 거절했다.

"그런 얘길 하려면 두 번 다시 찾아오지 말거라."

그날 고모부는 거의 한 시간 동안이나 무릎을 꿇고 할아버지에게 애걸하다가 돌아갔다. 고모부가 나갈 때 뒤따라 나가서 대문을 눌러 잠근 사람이 나였다.

순지가 그날 일을 알고 있는지는 모르겠다. 그 얘기를 꺼낼 생각은 없었다. 그날 이후 고모부를 본 적은 없다. 고모와 이혼했다는 소식을 들은 게 다였다.

성이가 혼자 할머니를 모시러 왔다.

"할머니, 집에 가요!"

성이가 외치자 할머니가 기다렸다는 듯이 받았다.

"너나 가!"

그 말에 우리 셋은 소리 없이 웃었다. 성이 할머니는 정말 어린애 같았다. 갈 마음이 전혀 없어 보이는 할머니를 억지로 모셔 갈 수 없다고 판단한 내가 제안했다.

"좀 있다 가라."

"아무래도 그게 낫겠지?"

우리 셋은 현관 아래 계단에 각자 편하게 자리 잡고 앉았다. 할머니가 잘 보이는 자리였다.

"삼촌 계셔?"

성이가 묻자 순지가 엄지손가락으로 자기 등 뒤쪽을 가리켰다. 우리 집을 한 번 돌아본 성이가 목소리를 낮춰 물었다.

"부동산에서 집 보러 안 왔어?"

"어떻게 알았어?"

"우리 엄마 친구가 사거리에서 부동산 한다고 했잖아."

아까 왔던 그 부동산 직원이 성이 엄마 친구일수도 있겠다는 생각에 나는 입을 다물었다.

성이가 고개를 끄덕거리면서 말을 이었다.

"그럼 소문이 사실이었구나."

"무슨 소문?"

"이 집 팔린다는 소문."

"팔리다니?"

나보다 순지가 더 놀라서 되물었다.

"집 보러 오는 사람이 있으면 곧 팔리는 거 아니야?"

"그럴 일 없어!"

낮고 단호하게 내 뜻을 알렸다. 성이가 빤히 바라봤지만 고개를 돌리고 무시했다. 성이가 무슨 생각을 하는지 알고도 남았다. 내가 버틴다고 삼촌이 이 집을 못 팔겠느냐는 뜻이었다.

셋이 묵묵히 앉아 있다가 성이가 먼저 입을 열었다.

"실은 우리 집 팔렸다."

"그건 무슨 소리야?"

"업자들한테 팔았대. 우리 집터에 원룸 건물을 올릴 모양이더라."

"그럼 너희 식구는?"

"아파트로 간다는데, 아직 정확히는 몰라."

"전학도 가?"

"아니. 나 때문에 근처 아파트로 들어갈 수도 있어."

"왜 팔았어, 그 집?"

내가 묻자 성이가 정원에 있는 할머니 쪽을 건너다보며 말했다.

"할머니 상태도 안 좋으시고……. 아 참, 할머니는 요양 병원으로 가실 거야."

"요양 병원?"

"멀리는 아니고, 저 아래 사거리에 있는 요양 병원. 엄마도 직장 다니고, 할머니 곁에 붙어서 보살필 사람이 없잖아. 요양 병원에 계시는 편이 더 안전하지. 언제 길을 잃거나 사고가 날지 모르니까. 그리고 매일 가서 볼 수 있으니까, 집에 혼자 계신 것보단 나을 거야."

"할머니가 좋아하시겠어?"

"할머니가 원하신 일이야. 정신이 맑을 때 할머니가 그렇게 해 달라고 하셨어."

어둠 속에서 할머니가 슬며시 일어나 우리 쪽을 돌아봤다. 우리가 아니라 집을 보는 것만 같았다. 어쩌면 집 안에 있다고 생각하는 우리 할머니를 보거나, 허공을 보는지도 모른다.

"가야겠다."

성이가 손바닥을 마주 털면서 일어섰다. 순지와 나도 일어나서 성이 뒤를 따라 대문 쪽으로 갔다.

한참 허공을 올려다보고 서 있던 성이 할머니가 휘적휘적 대문 쪽으로 향했다. 어둠 속을 걷는 성이 할머니 모습이 우리 할머니와 비슷했다. 대문을 나서던 성이 할머니가 갑자기 돌아보는 바람에 우리 셋 다 주춤했다. 성이 할머니가 나를 보면서 낮은 목소리로 말했다.

"할미한테 내도 금방 간다고 해!"

풀벌레들이 잠시 울음을 멈췄다가 곧 폭발하듯이 울어 댔다.

"네!"

나도 모르게 큰 소리로 답했다.

성이 할머니는 나를 물끄러미 쳐다보더니 천천히 몸을 돌렸다. 할머니 얼굴에 슬며시 웃음이 걸려 있었다.

7

성이 할머니를 보고 놀라서 도망간 일가족이 이 집을 포기한 줄 알았다. 그런데 좀 더 생각해 보겠다고 연락이 왔다는 소식이 들렸다. 고모는 그 말의 뜻을 이렇게 해석했다.

"집값을 깎으려는 속셈이겠지."

"누구한테 팔든 조정은 불가피하지 않겠냐."

삼촌이 고모 말을 받았다.

"사겠다는 사람이 또 있다는 말이야?"

"누가 또 들러붙은 모양인데, 아직 눈치 보고 있나 봐."

"누군지는 모르고?"

"업자라고 하던데."

"업자가 왜?"

"집터에 눈독 들이는 거겠지."

"그런 인간들은 값을 후려칠 거 아냐!"

"엊그제 집 보러 왔던 사람들이 계약하면 딱 좋은데 말이지. 사실 이 집을 철거하기는 좀 아까워. 철거할 작자한테 팔면 값도 제대로 못 받고."

삼촌과 고모는 이 집을 팔기로 작정한 것처럼 이야기를 주고받았다. 나는 두 사람 이야기가 흘러가는 대로 듣고 있었다. 당장 할 말조차 뾰족하게 생각나지 않았다. 그런데 순지가 이야기의 방향을 틀었다.

"성이네 집 판대요."

"뭐? 그 집을 팔아? 죽을 때 떠메고 갈 것처럼 붙들고 있더니 왜 팔아?"

삼촌이 목소리를 높였다.

"성이네 할머니가 그러자고 했다나 봐요."

"치매 때문에 정신이 오락가락한다면서?"

"맑은 정신일 때 당부했대요. 요양 병원에 보내 달라고도 하고요."

"그 자식이 그렇다니까. 효자인 척은 혼자 다 하더니, 치매에 걸렸다고 자기 엄마를 정신 병원에 집어넣어? 나는 적어도 그런 생각은 안 했다! 참 나. 사람은 끝까지 겪어 봐야 안다니까. 쯧."

삼촌이 고개를 요란하게 가로저으며 웅얼거리자 고모가 긴 한숨을 뱉고는 한마디 했다.

"정신 병원 아니고 요양 병원!"

"그게 그거지!"

"달라. 그리고 당신이 가겠다고 했다잖아! 우리 엄마도 요양 병원에 계셨으면 경주가 덜 고생했을까."

고모가 나를 끌어들였지만 나는 끼어들 의욕조차 없었다. 순지도 그런 모양이었다. 삼촌은 금세 무슨 생각에 잠겼는지 손가락으로 식탁만 자꾸 두드렸다. 그러는 삼촌을 가만히 건너다보면서 고모가 물었다.

"그럼 그 집을 누가 샀으려나?"

답은 순지가 했다.

"업자가 샀대요."

"업자?"

"성이네 집이랑 그 뒷집을 터서 원룸 건물 올린다나 봐요."

"다른 집들은 쉽게도 팔리네."

고모가 어쩐지 부럽다는 투로 말했다.

"집값은 제대로 받았나?"

삼촌이 물었지만 그 질문에는 아무도 답할 수 없었다. 예전에 할아버지에게 들은 바에 따르면, 집을 사고파는 과정에서 실제로 매겨지는 집값을 남들은 모른다고 했다.

"우린 얼마나 받을 수 있을까?"

이 집을 파는 일이 기정사실이라고 여기는지 고모가 물었다. 입 닫고 가만히 앉아 있을 수가 없었다. 이 집에 대해 함부로 계산하고 허황된 계획을 세우게 내버려 두면 안 되겠다는 생각이 들었다. 그런데 고모가 나를 보면서 먼저 물었다.

"서류는 잘 챙겨 뒀지?"

내가 곧바로 답했다.

"그건 신경 안 쓰셔도 됩니다."

내 말투가 갑자기 위압적으로 변하자 고모가 나를 한참 물끄러미 바라보았다. 그러더니 손을 흔들면서 말했다.

"어떻게 신경을 안 써? 집을 팔려면 제일 중요한 부분이 잖니."

"그건 네 고모 말이 맞아."

삼촌이 거들었다.

삼촌과 고모가 서로 마주 보았다. 둘 사이가 전과는 좀 달랐다. 겨우 일주일 전만 해도 고모와 삼촌은 의견이 달랐는데 그새 의견이 일치한 모양이었다. 그러고 보니 엊그제 순지가 생각해 보자고 한 말도 그냥 나온 것 같지 않았다. 고모가 삼촌과 의견을 같이하기로 했다면 순지가 모를 리 없었다. 고모가 순지에게 말했거나, 적어도 옆에서 들었을 것이다. 어쩌면 순지도 생각이 달라졌는지 모른다. 그렇다면 내 생각을 더욱 확실하게 알려야 했다.

"집은 절대 안 팝니다."

그러자 고모가 내 반응을 예상했다는 듯이 달래는 투로 말을 받았다.

"유언을 지키는 것도 좋지만, 살아 있는 사람들 인생도 중요해."

"이 집을 팔든 새로 올리든, 다 나중에 제가 생각해서 결정할 겁니다!"

말을 하면서 숨이 차올라 헐떡거렸다. 그런 나를 세 사람이 보고 있었다. 반응은 삼촌이 가장 빨랐다.

"이 집이 진짜 네 건 줄 알아?"

삼촌이 고함을 질렀다. 이제는 놀랍지도 않았다.

"어린 게 진짜, 세상이 어떻게 돌아가는지도 모르고."

삼촌 입에서 '어린 게'라는 말까지 나왔다. 하지만 나도 물러날 생각은 없었다.

"집은 안 팝니다. 할아버지 유언을 절대 깨지 않을 겁니다. 할머니 돌아가신 지 아직 1년도 안 됐어요. 지금까지는 참았지만, 앞으로는 참지 않을 겁니다. 한 번만 더 집 문제를 꺼내면 가만있지 않겠습니다."

"우리를 내쫓기라도 하겠다는 거냐?"

이번에는 삼촌 숨소리가 거칠어졌다. 나는 세 사람을 훑어보며 외쳤다.

"집 문제를 또 입에 올리면, 누구든 이 집에서 나가야 할 겁니다!"

내 입에서 끝내 이 말이 튀어나오고 말았다.

"뭐야? 이……!"

삼촌이 손을 치켜들면서 벌떡 일어섰다. 그러자 고모도 튀어 오르듯 일어나 삼촌 팔을 잡았다. 순지도 따라 일어섰다. 나도 벌떡 일어서서 발을 쿵쿵 구르며 주방에서 나와 현관을 향해 걸었다. 그때 내가 왜 안방으로 들어가지 않고 현관 쪽으로 갔는지는 잘 모르겠다. 어쩌면 현관문을 활짝 열어젖혀 놓고 삼촌에게 이 집에서 나가 달라고 하려 했는지도 모른다.

그런데 내가 막 현관 앞에 섰을 때, 초인종이 울렸다.

4장

1

"아빠다!"

순지가 소리쳤다.

"엄마, 아빠가 왔어!"

순지가 주방을 향해 연이어 소리쳤다. 모니터에 옆얼굴을 들이밀고 있는 사람은 고모부였다. 예전과 조금 달라 보이긴 했지만 고모부가 틀림없었다.

덜컹.

대문 열리는 소리가 정적을 깼다.

"자네, 이젠 아예 이 집에 들어와서 살아?"

현관에 들어선 고모부가 삼촌을 보면서 가장 먼저 건넨 말이었다. 삼촌 위치에서 고모부는 여동생의 남편이었다. 그런데 고모부는 삼촌보다 다섯 살이 많았다. 가족 서열로는 삼촌이 위였지만, 나이로는 고모부가 한참 위였다. 여느 관계와는 달리 남다른 예의가 필요한 사이였다. 삼촌이 그 점에 예민하게 군다는 사실을 고모부도 알고 있었다. 그래도 고모부는 아랑곳 않고 삼촌에게 '자네'라고 했다.

역시나 삼촌은 발끈했다.

"자네라니? 그리고 내 집에 내가 들어와 사는데 무슨 문제라도 있나?"

그러자 고모부가 피식 웃더니 말했다.

"이 집은 장인어른이 경주한테 물려준 집으로 아는데?"

삼촌도 밀리지 않았다.

"내가 이 집 장손이라는 걸 모르나?"

"장인 재산을 다 말아먹더니, 이제 조카 재산까지 말아먹으려고?"

아슬아슬하던 분위기가 와장창 깨지기 직전이었다. 삼촌은 당장이라도 고모부 멱살을 잡고 아수라장을 펼칠 태세였다. 삼촌이 고모부를 향해 몸을 내미는 순간, 고모가 삼촌 팔을 잡아 뒤로 젖히면서 나섰다.

"당신은 왜 연락도 없이 오밤중에 와서는 이 분란을 일으켜?"

그러자 팽팽하게 긴장해 있던 고모부가 물결치듯 어깨를 풀면서 말했다.

"아, 그거야 우리 순지가 여기 있다니까 왔지! 오랜만에 온 사람을 이렇게 대하는 법도 있나?"

고모부는 화를 내기보다는 화제를 돌리고 싶다는 투로 집을 휘 둘러보면서 중얼거렸다.

"장인어른 살아 계실 때 내가 팔아 버리라고 그렇게 일렀건만. 이젠 쉽지 않겠는걸."

"누가 당신한테 이 집 신경 쓰랬어?"

고모가 목소리를 높였다.

"이거 대접이 너무 고약하네."

고모부가 작정한 듯 고모에게 무섭게 한마디 했다. 이어 고모 뒤에 서 있는 순지와 눈을 맞추면서 말했다.

"아빠 배고프다. 뭐 먹을 것 좀 없나?"

순지는 마치 고모부의 말을 기다렸다는 듯이 주방으로 몸을 틀면서 손짓했다.

"아빠, 이쪽으로요."

주방 쪽으로 두어 걸음 옮기던 고모부가 갑자기 나를

보며 말했다.

"대문 앞에 내 가방 좀 갖고 들어와라. 하필 대문 앞에서 끈이 끊어지는 통에 던져 놨다. 내가 요즘 어깨가 안 좋아서."

고모부가 양어깨를 번갈아 돌리면서 주방으로 들어가는 모습을 보다가 삼촌과 시선이 마주쳤다. 삼촌 눈을 보니 감당하기 힘든 상황이 우리 앞에 닥쳤음을 알 수 있었다.

커다란 가방 하나가 대문 바로 앞에 내던져져 있었다. 여기까지 들고 온 게 억울하기라도 한 듯 아무렇게나 던져 둔 시커멓고 커다란 보스턴백이었다. 가방과 끈을 잇는 고리가 달아나고 없었다. 끈을 그러모아 쥐고 안아 올렸다. 보기보다 가벼웠다.

현관을 향해 걸어가며 온갖 생각을 떠올렸다. 겨우 이 정도 무게를 들지 못해서 저기에 팽개쳤나? 가방 안에 옷만 가득하려나? 설마 고모부도 이 집에 들어와서 살려고 오지는 않았겠지?

나쁜 예감은 높은 확률로 들어맞는다. 가방을 내려놓는 찰나, 주방에서 고성이 터져 나왔다. 삼촌 목소리였다.

"그건 절대 안 돼!"

뒤이어 고모부 목소리가 들렸다.

"아니, 왜 안 된다는 건가? 내가 자네 동생이랑 이혼해서?"

"그것도 이유는 이유고."

"순지는 내 딸이야. 내 딸 옆에 좀 있겠다는데 뭐가 문제야?"

"이 집에 관한 한 내가 안 된다면 안 되는 거라고!"

삼촌 입에서 그 말이 나오자 나도 모르게 피식 웃음이 새어 나왔다. 내가 지금껏 해 오던 말을 삼촌이 똑같이 하고 있었다.

"입은 삐뚤어져도 말은 바로 해야지. 이 집은 자네 집이 아니라 경주 집이야!"

"내가 경주 보호자야!"

"그래서 경주 재산이 자네 재산이나 마찬가지라는 건가? 그럼 경주한테 물어보자고!"

막 주방으로 들어선 나를 향해 고모부가 외쳤다. 모든 시선이 나에게 쏠렸다. 고모부가 입을 열려고 하자 순지가 나에게 간절한 눈빛을 보냈다. 순지 마음을 알 것 같았다. 나는 별일도 아니라는 투로 말했다.

"당분간 이 집에 계셔도 됩니다."

"거봐! 애만도 못하네, 정말."

고모부가 삼촌을 향해 어깨를 으쓱했다. 그러자 삼촌이 나를 노려보며 얼토당토않은 말을 던졌다.

"넌 삼촌보다 고모부가 더 중요하냐? 참, 이젠 고모부도 아니지? 순지 아버님이라고 해야 하나? 응?"

삼촌이 마구 삿대질을 해 대며 목에 핏대까지 세웠다. 그때 순지가 뒤에서 나지막이 불렀다.

"외삼촌."

삼촌이 순지 쪽으로 몸을 홱 돌렸다.

"외삼촌, 우리 아빠 지금 막 왔어요. 그리고 이 집에 오래 안 있을 거예요."

그러자 삼촌이 정색을 하고 되물었다.

"그래? 얼마나 있을 건데?"

고모부를 건너편에 두고 순지와 삼촌이 맞섰다. 순지가 우물쭈물하자 고모부가 직접 대답했다.

"한 달!"

"한 달? 너무 길어. 일주일 이상은 안 돼!"

이번에는 고모부가 목소리를 누그러트리고 점잖게 답했다.

"한 달을 넘기진 않을 거야. 나도 일을 얼른 해치우고

가야 하거든."

"무슨 일을 해치운다는 거예요?"

고모가 물었다.

"자세한 건 알 필요 없고. 슬슬 피곤하네. 그나저나 난 어떤 방을 써야 하나? 이거야, 원……."

고모부가 뒤로 물러나며 말끝을 흐렸다.

나는 고모부가 어떤 방을 써야 하나 잠시 고민했다. 은하단이 숨어 있는 내 어릴 적 방을 내줘야 하나, 아니면 삼촌이나 순지를 그 방으로 내려오게 하고 지금 삼촌이나 순지가 쓰는 방을 내줘야 하나……. 전에 할머니와 할아버지가 하던 손님맞이 방 배정을 이제는 내가 하고 있었다.

"아빠가 내 방 써. 난 엄마랑 같이 쓰면 되니까."

순지가 방 문제를 간단하게 해결해 주었다.

"아빠, 피곤할 텐데 올라가 씻어. 계단 바로 앞에 있는 방이야. 내가 밥 차려서 올려다 줄게."

"그럼 그럴까."

삼촌과 고모가 못마땅한 표정으로 고모부를 노려보았지만 순지는 아랑곳하지 않았다. 순지가 고모부 등을 밀면서 주방을 빠져나가자, 고모가 밥솥 뚜껑을 열어 잠시 들여다보더니 코드를 빼고 통을 꺼냈다. 밥을 새로 하려는 모양이었다.

갑자기 들이닥친 고모부 때문에 일어난 소란이 가라앉았다. 풀벌레들이 죽어라 울어 대는 밤이었다.

2

고모부가 온 뒤로 며칠 동안 이상한 평화가 흘렀다. 아무도 집 문제를 들먹이지 않았다. 삼촌과 고모, 고모부는 생각보다 편하게 지냈다. 고모부 때문에 삼촌과 고모가 조심하는지도 몰랐다. 고모부가 이 집의 방패막이가 되어 주는 것 같기도 했다.

평화가 찾아오자 큰 소리로 울고 싶은 순간이 불쑥불쑥 들이닥쳤다. 나는 밤이면 장롱 문을 한 칸씩 열어 놓고 한참 들여다보았다. 할머니의 질서는 잘 알고 있었다. 캄캄한 밤에 불을 켜지 않고도 뭐가 어디에 있는지 찾을 수 있었다. 할아버지와 할머니의 질서를 흩트리거나 정리해 버리고 싶지 않았다.

할머니도 할아버지가 돌아가신 뒤에 짐을 정리하지 않고 그냥 방만 옮겼다. 내가 할아버지 짐을 정리하자고 한 적이 있었다. 그때 할머니는 나중에 천천히 하자고만 했다. 나는 할머니처럼 할머니 짐을 나중에 천천히, 하고 싶을 때 정리할 작정이었다.

밤이 깊어지자 정원으로 나왔다. 예전에 할아버지와 할머니가 그랬던 것처럼 나도 불을 켜지 않았다. 어둠 속에서도 어디에 뭐가 있는지 알았다. 오래전에 생긴 둥지, 올해 새로 생긴 둥지, 동네 고양이가 주로 다니는 통로와 구석의 은신처, 땅과 풀과 지렁이와 곤충 들이 뒤섞인 냄새, 할머니와 할아버지의 손길이 닿았던 돌과 나무와 잎사귀. 암흑 속에서든 빛이 가득한 한낮이든 상관없이 이 정원이라면 훤했다.

보충 수업을 마치고 오다가 순지를 만났다. 순지도 방학 보충 수업을 마치고 집에 오는 길이었다.

"우리 아빠, 오래 안 있을 거야."

순지가 먼저 말을 꺼냈다. 순지가 말하지 않아도 고모부가 오래 머무르지는 않으리라 생각하고 있었다. 고모부에게는 다른 가족이 있다. 고모와 이혼한 뒤에 재혼해서 세 살쯤 되는 아이도 있다고 들었다.

"다른 가족은 어디서 살아?"

순지에게 묻고 나서 금방 후회했다. 고모부의 새로운 가족까지 우리 집에 올까 봐 염려한다고 오해할 수도 있으니까. 아무 의도 없이 한 말이어도 순지는 상처를 받았을지 모른다.

다행히 순지는 덤덤한 투로 받았다.

"아빠한테 안 물어봤어. 하지만 여기 오래 있지는 않을 거래. 곧 가야 한댔어."

고모부가 가려는 곳에는 고모부의 다른 가족이 있을 테고, 그런 말을 입에 올리면 순지는 힘들어할 것이다. 하지만 순지는 여전히 아무렇지 않다는 듯 말했다.

"동생이 많이 컸어."

"만나 봤어?"

"가끔 사진을 보내 주거든."

"고모부가 너한테 그런 짓을 해?"

"내가 보내 달라고 했어. 어쨌든 나한테는 동생이잖아."

"하긴 하나뿐인 동생이니까."

그 말을 해 놓고 고개를 끄덕이다가 둘 다 갑자기 웃음이 터졌다. 나는 그렇다 치고 순지는 왜 웃는지 알 수가 없어서 왜 웃느냐고 물었다. 그러자 순지가 말했다.

"우리, 꼭 세상 다 산 어른들 같다."

그러고 보니 스스로가 너무 어른처럼 느껴졌다. 내가 둘인 것만 같았다. 어른인 나와 미성년자인 나, 그 둘 사이에서 혼란스러웠다. 그렇지만 하나를 선택해야 한다면 나는 어른이 되는 쪽을 선택할 것이다. 그리고 선택한 쪽에 걸맞게 말하고 행동해야 했다.

내가 입을 다물고 있자 순지가 빈 바닥을 슬쩍 차면서 말했다.

"우리 아빠 귀찮게 생각하지 마."

"그런 소리를 뭐 하러 해."

"네가 집주인이니까."

순지에게 집주인이라는 말을 들으니 기분이 이상했다.

"내 눈치가 보여?"

"너한테는 이제 고모부도 아닌데 이 집에 들어와 있으니까……. 아무래도 그렇지, 뭐."

잠시 말없이 걷다가 순지가 문득 입을 열었다.

"아빠가 그러는데, 집을 팔기도 쉽지 않을 거래."

"결국 그 소리야?"

내 목소리가 벌컥 높아지자 순지는 당황한 듯 나를 힐끗 보더니 말을 마저 했다.

"내 말은, 집 팔기가 쉽지 않으니까 못 팔 거라는 뜻이야. 이때가 지나면 이런 집은 팔기 힘들 거래. 그러면 점점 낡아서 결국 별 값어치도 없어지겠지. 그러니 사겠다는 사람이 나섰을 때 팔아서……."

"팔아서?"

"……그게 너한테도 이익이라는 말이지."

"너도 그렇게 생각해?"

"나는 감도 안 잡혀. 그냥 두는 게 좋겠다 싶지. 낡으면 뭐 어때. 솔직히 엄마는 이 집을 덜컥 팔았다가 다시는 집을 갖지 못할까 봐 걱정이래. 집이라는 게 팔아 버리기는 쉬워도 다시 사기는 쉽지 않다고. 우리만 봐도 알겠더라. 그런데 외삼촌이 끝까지 팔려고 한다면…… 결국은 팔게 되지 않을까?"

그건 나도 수없이 해 본 생각이었다. 끝내 마지막 순간이 닥치면, 그때가 되면 어떻게 행동해야 할까? 자신이 없었다. 삼촌이 하자는 대로 해 버릴지 모른다는 두려움이 있었다. 하지만 아직은 마지막 순간이 오지 않았다. 나는 숨을 크게 들이쉬었다.

"할아버지 유언을 지킬 거야."

나는 스스로에게 다짐하듯 말했다.

골목으로 접어들자 우리 집 대문 앞에 모여 있는 남자들 한 무리가 보였다. 어른 네 명이었다. 순지와 나는 뛰었다. 우리가 대문으로 오르는 계단 아래 다다랐을 때, 덜컹 하고 대문이 열렸다. 그러자 남자 네 명이 거침없이 안으로 들어섰다.

맨 뒤로 가던 남자가 우리를 힐끗 돌아보더니 고개를 갸웃했다. 순지와 나는 계단 아래에서 그를 쏘아보았다. 그러자 이 더운 여름에 하늘색 정장을 갖춰 입은 남자가 존댓말로 물었다.

"이 집에 살아요?"

"아저씬 누구세요?"

순지가 되물었다.

"아, 이 집에 사는 애들이구나."

남자가 이번에는 말을 낮추었다. 순지가 다시 물었다.

"부동산에서 왔어요?"

그러자 그 남자가 재킷 앞자락을 탁탁 털면서 말했다.

"자, 들어갑시다."

순지와 나는 일단 남자를 따라 대문 안으로 들어섰다. 현관에 서 있는 사람은 뜻밖에도 삼촌이 아닌 고모부였다. 반바지에 헐렁한 셔츠를 입은 고모부가 현관 앞에 나와 있었다.

"삼촌은 어디 갔어요?"

단숨에 현관까지 걸어간 내가 물었다. 그러자 고모부는 그 어느 때보다 위압적인 태도로 명령하듯 말했다.

"너희는 잠깐 밖에 있어라. 이분들이 둘러보고 나올 때까지 여기서 기다려."

"네?"

이번에는 순지가 물었다.

"어허, 말귀를 못 알아듣고. 금방 둘러보고들 나오실 거다. 오래 안 걸려."

고모부가 우리 앞에 결계라도 치듯 손으로 금을 그었다. 그 바람에 움찔하는 우리를 보면서 고모부가 한쪽 입꼬리를 올렸다. 순지는 어땠는지 모르겠지만 나는 화가 치밀었다. 지금까지 삼촌을 상대로 내가 해 온 말과 행동이 모두 허사가 됐다. 내가 이 집의 소유자이며, 나는 이 집을 절대 팔지 않을 거라고, 고모부를 상대로 처음부터 다시 알려야 했다.

나는 결계를 깨듯 발로 바닥을 꾹꾹 찍으면서 계단을 올라가 현관 안으로 들어갔다. 낯선 사람들이 집 안 여기저기를 기웃거리고 있었다. 여전히 삼촌은 보이지 않았다.

이 집을 파는 일을 두고 고모부와 삼촌 사이에 벌써 의견이 오간 걸까? 그래서 삼촌이 없어도 고모부가 부동산에서 온 사람들을 맞이하는 걸까?

"삼촌은 어디 있습니까!"

내가 소리를 질렀다. 집 안 여기저기 흩어져 있던 사람들이 동시에 나를 보았다.

나는 다시 말했다.

"삼촌은 어디 있습니까."

"다 큰 애가 삼촌은 왜 그렇게 찾아?"

고모부가 빈정거리자 사람들이 킥킥거렸다.

"삼촌은 어디 있냐고요!"

"금방 올 거다. 잠깐 볼일 보러 나갔어."

"지금 이 일, 삼촌도 알고 있습니까?"

그러자 고모부가 나를 정면으로 쏘아보면서 말했다.

"아, 그럼 집주인 허락도 없이 이럴까 봐?"

고모부 입에서 이 말이 나오자마자 사람들이 약속이나 한 듯 2층으로 볼려 올라갔다.

"집은 안 팝니다."

계단을 올라가던 사람들이 나를 힐끔거렸다. 하지만 지난번에 집을 보러 왔던 가족처럼 멈추지는 않았다. 도리어 내가 이상하다는 듯 서로 눈짓을 주고받았다.

"속 썩이는 애가 있다더니, 쟤구먼."

이렇게 속삭이는 소리도 들렸다. 이 집에 얽힌 문제를 대략 듣고 아는 눈치들이었다. 고모부가 올라가라는 손짓을 하자 하늘색 정장을 입은 남자가 두 팔을 한껏 벌려 사람들을 위로 올려 보냈다.

나는 잠시 생각에 잠겼다. 고모부는 삼촌 부탁을 받고 부동산 사람들을 대신 맞이하는 것 같았다. 그러니 고모부와 옥신각신해 봤자 해결될 일은 없었다.

3

삼촌은 저녁이 돼서야 나타났다. 벌써 고모부에게 사정을 전해 들었는지, 내가 낮에 있었던 일을 꺼내기도 전에 선수를 쳤다.

"넌 예의도 몰라? 대체 뭘 보고 배운 거냐!"

삼촌은 사 들고 온 피자 상자를 식탁 위에 던지면서 소리를 높였다. 하지만 삼촌의 목소리와 태도는 화를 낸다기보다 내가 어떻게 나오는지 간을 보는 투였다. 내 반응에 맞춰 대응하겠다는 마음 같았다.

"삼촌이 아무리 이래도 집은 안 팝니다."

나는 아주 차분하게 말했지만, 속으로 떨고 있었다. 애써 두려움을 숨기려는 나를 삼촌이 빤히 바라보더니 대답했다.

"네가 아무리 애써도 이 집은 팔게 돼 있어."

역시 삼촌은 낮에 일어난 일을 알고 있었다.

"할아버지 유언을 지킬 겁니다."

"그건 유언이 아니라 고집이야!"

삼촌이 외쳤다.

할아버지가 일생을 통해 다진 생각이 겨우 고집으로 치부되다니. 할아버지 유언은 고집이 아니라, 할아버지만의 어떤 질서였다. 그런데 삼촌은 할아버지가 남긴 말을 그저 고집이라 했다. 그건 할아버지 인생을 인정하지 않겠다는 뜻이었다. 삼촌이 할아버지 인생을 인정하기는커녕 함부로 평가하게 놔둘 수는 없었다.

내가 물었다.

"할아버지가 왜 고집을 부리셨는지 알아요?"

나는 말을 잇지 못하고 우물쭈물하는 삼촌을 똑바로 쳐다보았다. 내 시선에 찔리기라도 하는 듯 몸을 옆으로 돌리고 삼촌이 말했다.

“그야 내가 재산을 탕진할 거라고 생각했겠지.”

입에서 ‘탕진’이라는 단어가 나오는 걸 보니 삼촌도 자기 잘못은 아는 모양이었다. 나는 입을 다물고 삼촌을 노려보았다. 삼촌이 말을 이었다.

“이 집이 아버지에게 마지막 남은 재산이라 지키고 싶었던 마음은 알아. 너는 어떻게 생각할지 모르겠지만, 아버지와 나는 각자 옳다고 생각하는 대로 살아왔어.”

삼촌은 할아버지가 당신 시대가 부추긴 욕망에 따라 충실하게 살았으며 드물게 성공한 사람이라고 했다. 또 자기는 자기 시대의 열망에 따라 충실히 살아왔다고 했다. 내 눈에는 달라 보일지 모르지만, 스스로가 중요하다고 생각하는 바를 추구하며 살았다는 점에서 같다는 얘기였다.

그러더니 삼촌은 자기가 뭘 그렇게 잘못했느냐고 되물었다. 자기는 죄인이 아닌데 집안사람들 모두 자기가 큰 죄라도 지은 것처럼 대해서 억울하다고도 했다. 그리고 덧붙였다.

“이런 집을 지켜서 뭘 어쩌겠다는 거야! 이따위 집이 뭐 대단한 의미라도 있어? 집은 그냥 집이야! 사고팔 수 있는 물건일 뿐이라고! 더구나 이 집은 집 장사로 성공한 인간이 친구가 망한 기회를 틈타서 강탈한 물건에 불과해. 그런 물건이 뭐 그렇게 대단하다고 유언이니 뭐니 난리야?"

"이 집을 팔려는 이유가 그겁니까?"

나는 동요 없이 물었다. 삼촌이 내 눈을 똑바로 보았다. 나도 삼촌 눈을 똑바로 쳐다보았다. 삼촌은 이 집을 팔 수만 있다면 무슨 짓이든 하려고 마음먹은 사람 같았다.

내 생각을 증명이라도 하듯 삼촌이 말했다.

"이번에도 일을 망치면 가만 안 둘 줄 알아!"

그때 고모부가 주방으로 들어섰다. 그러더니 망설임 없이 삼촌 곁에 섰다. 삼촌과 생각이 같다는 의미로 보였다. 고모부는 나를 보며 점잖게 말했다.

"아버지 없이 크면 이렇게 표가 나는 법이라니까."

그러자 삼촌이 움찔했다. 고모부는 삼촌 어깨를 툭툭 치면서 말을 이었다.

"물론 자네야 장인어른이 삼촌 노릇 할 기회를 안 주셨으니 어쩔 수 없었지. 아무튼 애들이란 어릴 때 엄하게 가르쳐야 하는데. 다 커서 가르치려고 하면 어른을 이겨 먹으려 들거든."

고모부가 삼촌을 다독이면서 나를 쏘아보았다. 나는 삼촌을 쏘아보며 물었다.

"가만 안 두면 어쩔 건데요?"

"뭐? 그게 지금 어른한테 할 말이야? 너, 내가 호적을 파 버릴 거야!"

호적을 파 버린다는 말은 예전에 할아버지가 삼촌에게 하던 말이었다. 할아버지는 삼촌과 다툴 때마다 "너 같은 자식은 없다고 생각하는 게 속 편하다."라고 했다. 어쨌든 이런 상황에서 내가 할 수 있는 일은 내 의지를 한마디 말로 전하는 것뿐이었다.

"집은 안 팝니다."

"안 팔아? 네가 뭔데? 당장 문서나 내놔!"

삼촌이 길길이 날뛸수록 나는 점점 더 차분하고 냉정해졌다. 몸속의 피가 단숨에 얼어붙어 입술에 살얼음이라도 끼는 듯 저릿했다.

"당장 집문서랑 도장을 안 내놓으면……."

"아, 그만하지."

내 쪽으로 나서려는 삼촌을 고모부가 팔로 막았다. 그리고 난데없이 나를 향해 부드럽게 말했다.

"낮에 왔던 사람들하고 얘기가 잘 풀릴 것 같다."

"집은 안 팔아요."

"네 심정을 모르는 바는 아니다만, 이런 일은 임자가 나섰을 때 성사시켜야 해. 어른들이 하자는 대로 하면 너한테도 이익이야. 안 그러면……."

"이번에도 잘못되면 너 죽고 나 죽어. 알아!"

삼촌이 고모부에게 붙잡힌 채 버둥대면서 고함쳤다. 삼촌 때문에 뒤로 밀려 나간 고모부가 자세를 바로잡으면서 타이르듯 말했다.

"경주도 생각이 있는 애니까, 끝까지 고집부리지는 않겠지."

고모부가 더는 힘 뺄 필요 없다는 듯 삼촌 등을 두어 번 두드렸다. 삼촌은 폭발 직전에 이른 화를 억지로 가라앉히느라 씩씩거리면서 나를 노려보았다.

"그만하고 올라가지."

고모부가 삼촌 팔을 잡아끌었다. 삼촌은 못 이기는 척 끌려 나가면서도 계속 나를 노려보았다.

"집은 안 팝니다."

나는 창을 던지듯 삼촌 정면에 대고 말했다.

"아, 저게 진짜!"

삼촌은 다시 주방으로 달려들 기세였다. 그러자 고모부가 삼촌 팔을 끌고 가며 달래는 투로 말했다.

"화내 봤자 일만 그르치지."

"재가 보통 고집 센 애가 아닙니다. 봤잖아요."

"내가 생각해 둔 게 있어."

고모부와 삼촌이 알아들을 수 없는 말을 주고받으면서 멀어져 갔다.

고모부가 생각해 둔 수가 뭔지 알고 싶지는 않았다. 고모부가 무슨 수를 쓰든 상관없었다. 내가 동의하지 않으면, 서류와 도장을 내놓지 않으면, 이 집은 절대로 팔 수 없다. 내가 죽지 않는 한 이 집을 어느 누구도 마음대로 할 수 없다. 나는 온 힘을 다해 그 생각만을 붙들었다.

그새 서열을 정리했는지 삼촌은 고모부에게 존대를 썼다. 그런 삼촌을 고모부는 동생 대하듯 다독였다. 정말 의외였다. 삼촌과 고모부 사이가 좋았던 적은 없었다. 두 사람은 할아버지 재산을 서로 가지려고 싸우는 경쟁자였다. 그런데 갑자기 의기투합한 것이다. 두 사람은 아무도 방해하지 못할 만큼 가까워졌다.

나는 내 주변에서 펼쳐지는 상황을 모른 체했다. 어떤

경우가 닥치든 내가 결정을 내리지 않는 한 아무도 집을 건드릴 수 없었다. 다른 건 몰라도 그 점만큼은 분명했다.

방학 보충 수업 마지막 날이었다. 골목으로 접어드니 대문 앞 계단에 앉아 있는 할머니 한 분이 눈에 들어왔다. 멀리서 봐도 성이 할머니였다. 나는 뛰어가면서 할머니를 불렀다. 내 목소리를 들은 성이 할머니가 문득 정신을 차리고는 나를 보며 물었다.

"안에 할미 있자?"

나는 계신다고 답하면서 대문을 열고 그늘 안으로 성이 할머니를 이끌었다. 등을 껴안듯이 부축했는데, 할머니는 어이없을 정도로 가벼웠다.

"더우니까 안으로 들어가세요."

성이 할머니를 거실에 모셔 놓고 성이에게 연락하려고 했다. 그런데 할머니는 집 안에 들어가기 싫은지 내 팔을 빼내면서 중얼거렸다.

"난 여기나 좀 볼 테여."

성이 할머니는 라일락 군락 쪽으로 휘적휘적 걸어가는 내내 혼잣말을 웅얼거렸다. 운동 기구를 향해 뭐라 하는 듯했다. 운동 기구들 가운데 러닝 머신이 해체되어 있었다. 어제만 해도 러닝 머신은 고모가 발걸레들을 널어놓은 건조대나 다름없었다. 해체된 모습을 보니 러닝 머신은 발판이 전부라는 생각이 들었다. 아무튼 고모부가 오니 이런 일도 정리되었다.

성이는 금방 왔다. 학교에서 막 돌아왔는지 교복 차림 그대로였다.

"할머니 때문에 학교에서 곧장 왔는데 한발 늦었네."

"할머니가 우리 집 앞에 앉아 계시더라."

"실은 어젯밤에도 이 집 대문 앞에 앉아 계셨어."

"또 몰래 나오셨어?"

"어제는 나하고 같이. 하도 여기 가자고 해서 모시고 왔지. 대문을 밀고 들어가시려는 걸 말리느라 혼났다."

"전화하지 그랬어."

"그런데 대문 고쳐야 되겠더라. 할머니가 어떻게 하니까 그냥 밀리던데?"

성이가 할머니를 모시고 대문을 나설 때 고모부와 삼촌이 들어섰다. 의기투합한 사람들답게 낮술까지 함께한 모양이었다.

성이와 할머니가 멀어져 가는 모습을 보던 고모부가 중얼거렸다.

"저 어르신네는 남의 집에 왜 자꾸 들락거려?"

술기운에 대담해진 고모부를 말리지도 않고, 삼촌은 복잡한 표정으로 잠자코 있었다. 그렇게 표정을 구긴 모습은 처음이었다.

"그런데 저것들은 대체 어쩔 셈인가?"

고모부가 운동 기구들을 턱으로 가리키면서 새삼스레 물었다.

"아, 저거요. 지하 창고에 넣어 둬야 하는데 차일피일 미루다 보니."

"그럼 말 나온 김에 지금 옮기자고."

"지금? 우리 둘이서 옮기는 건 무리예요, 무리."

삼촌이 호들갑스럽게 손사래를 쳤다. 그러자 고모부가 허공을 휘젓는 삼촌 팔을 붙들고 말했다.

"경주도 있잖아. 경주 혼자서도 옮길 수 있을걸? 안 그런가?"

삼촌이 나를 바라보았다. 고모부는 내 덩치를 두고 비아냥거렸지만 내 비위를 전혀 건드리지 못했다. 나는 내 체격에 만족하는 편이다. 아니, 스무 살이 될 때까지 몇 센티미터쯤 키가 더 자라고 살이 더 붙기를 바랐다. 그뿐 아니라 덩치가 커서 오히려 행운이라고 생각했다. 힘자랑할 필요는 없어도 힘을 써야 할 땐 쓰자는 생각이었는데, 삼촌과 고모부가 내 생각을 알고 하는 말은 아닌 것 같았다. 나는 무표정하게 서 있었다.

"그럼 일단 지하 창고부터 살펴보시죠."

삼촌이 고모부 등을 떠밀었다. 삼촌과 고모부는 안방 창 앞을 지나 라일락 군락이 이어진 모퉁이로 흔들흔들 걸어가면서 무슨 말인지 주거니 받거니 했다. 진지하게 속닥거리는 두 사람을 보다가 나는 집으로 들어가려고 했다. 그런데 삼촌이 휙 돌아보더니 나에게 말했다.

"들어가지 말고 거기서 잠깐 기다려."

운동 기구들을 옮기려면 힘을 보태긴 해야겠지. 나는 집에 들어가서 편한 옷으로 갈아입고 나오려다 그만두었다. 두 사람이 모퉁이를 돌아가면서 의견이 맞지 않는지 옥신각신하는 희미한 소리를 듣고 서 있다가 문득, 여름이 한창이라는 사실을 깨달았다.

온 세상에 여름이 한창이었다. 푸르른 나뭇잎들, 그 아래 일렁이는 그림자와 열매처럼 모여 앉아 재잘대는 참새들, 바람, 테라스 난간에 부서져 내리는 뜨겁고 눈부신 햇살, 절정을 향해 치닫는 풀잎의 단내……. 그 모두가 부드럽고 단단하게 어우러져 있었다. 나는 여름 속에서 어깨를 펴고 가슴을 내밀었다. 그리고 눈을 감았다. 오랜만에 제대로 느끼는 계절 속에서 나는 긴장을 풀었다.

창고를 살펴보고 나오는 삼촌과 고모부 소리가 들리자 나는 자세를 바로잡았다. 백팩을 내려놓을까 하다가 그냥 고쳐 메기만 했다. 필기도구와 책 두 권이 들어 있는 백팩은 무게랄 것도 없었다.

운동 기구들을 창고 안에 들여놓고 적당히 자리를 잡아 두려 할 때였다.

"휴대폰 있냐?"

고모부가 나에게 물었다. 내가 쳐다보자 고모부가 다그쳤다.

"휴대폰 좀 줘 봐."

"왜요?"

"급히 연락할 데가 있어서. 내 건 방에 두고 나왔어."

주머니에서 휴대폰을 꺼내 고모부 앞에 내밀었다. 고모부가 내 휴대폰을 들고 창고 계단을 올라갔다. 전화가 잘 터지는 곳으로 자리를 옮기는 모양이었다. 삼촌이 그 뒤를 바싹 따라 올라갔다. 나는 창고 한가운데 서서 두 사람을 멍하니 바라보았다.

탁.

갑자기 창고 아래쪽 문이 닫혔다. 삼촌이 고모부 뒤를 따라 나가면서 무심결에 문을 닫은 것 같았다. 나는 문 쪽으로 다가갔다. 지하 창고에 더 있을 필요가 없었기 때문이다. 그런데 걸쇠 걸리는 소리가 났다. 문고리를 당겼지만 문은 꼼짝도 하지 않았다. 나는 문을 두드렸다.

쾅쾅!

어이가 없었다. 삼촌과 고모부가 바로 문밖에 있는데도 조용했다. 문 두드리는 소리를 못 들었나? 그 생각을 하는 순간 의문이 들었다. 설마 삼촌이 문을 잠갔을까? 창고 문 두 개 가운데 아래쪽 문은 그냥 두면 안으로 밀려 열렸다. 그래서 걸쇠를 걸어 두곤 했다. 그렇다면 삼촌이 문을 일부러 닫고, 걸쇠로 고정했다는 얘기인가?

"삼촌!"

내가 문을 두드리며 삼촌을 부르자 문밖에서 고모부와 삼촌이 두런거리는 소리가 들렸다. 가볍게 몸싸움을 하는 것 같았다. 서로 밀치는 기척이 역력했다.

"삼촌!"

나는 다시 삼촌을 불렀다. 갑자기 문밖이 조용해졌다. 잠시 뒤에 고모부 목소리가 들렸다.

"이럴 생각까지는 아니었는데, 네가 자초한 일이야."

"문 열어요!"

내가 소리쳤다. 그러자 고모부 목소리가 울렸다.

"서류가 어디 있는지만 말해라. 그것만 얘기하면 문 열어 줄게. 우리도 이렇게까지 할 생각은 아니었다는 것만 알아 둬!"

"삼촌!"

나는 고모부 말을 끊으면서 삼촌을 불렀다. 그러자 문밖에서 또 두 사람이 서로 몸을 밀치는 기척이 났다. 하지만 삼촌 목소리는 들리지 않았다.

"삼촌, 거기 있어요?"

내가 외쳤다. 삼촌 목소리가 드문드문 분명하게 울렸다.

"고모부 말대로 해. 서류만…… 그것만 주면…… 열어 준다잖아."

다리에 힘이 풀렸다. 주저앉을 것 같았지만 억지로 버티고 섰다. 정말 생각지도 못한 일이었다. 이 집을 팔 수만 있다면 삼촌이 무슨 짓이든 하리라고 예상했다. 그래서 각오도 했다. 하지만 이런 일은 상상조차 못 했다.

나는 떨리는 손바닥을 문에 붙이고 천천히 물었다.

"날 죽이려는 거예요?"

그러자 당장 고함이 튀어나왔다. 고모부였다.

"누가 죽인대? 서류를 달라는 거지!"

문밖에서 계속되는 다툼이 안에서도 훤히 느껴졌다.

"이렇게까지 할 필요가 있어요?"

"겁이나 좀 주자는 거지."

"그래도 이건 너무하잖아요."

삼촌이 고모부에게 따지는 투로 속삭였다. 그러자 고모부가 삼촌에게 진정하라고 하는 것 같았다. 그다음엔 거의 둘만 들리게 속삭였다. 무슨 말인지 알 수 없었다.

이윽고 고모부 목소리가 울렸다.

"우리가 다시 올 때까지 그 안에서 잘 생각해 봐. 그리고 노파심에서 하는 말인데, 공연히 소란 피우고 소리 질러 봤자 소용없을 거다."

고모부가 삼촌을 이끌고 계단을 올라가려는 것 같았다.

"삼촌."

삼촌을 부르자 발소리가 아주 잠깐 멈추더니, 다시 올라가는 소리가 이어졌다. 그러고는 계단실 문이 닫히는 소리가 났다.

5

나는 주저앉았다. 삼촌은 나를 지하 창고에 가두려고 하지 않았을 수도 있다. 그렇게까지 해서 집을 팔 생각은 아니었을지도 모른다. 고모부가 부추겼다 해도 삼촌은 주저했을 것이다. 그런 삼촌을 고모부가 다그치고, 삼촌은 마지못해 고모부를 따랐겠지. 그렇게 믿고 싶었다.

다시 일어서는데 팟, 하고 갑자기 전기가 나갔다. 전기까지 끊은 건가. 나는 고개를 저었다. 이 집 전체의 전기를 차단하지 않는 한 지하 창고 전기만 끊을 수는 없었다. 나는 알전등을 찾아 손으로 감싸 쥐고 스위치를 돌렸다.

달깍.

불이 번쩍 들어왔다가 꺼졌다. 다시 스위치를 돌려 봤지만 불은 들어오지 않았다. 전구가 나간 모양이었다. 몇 번 더 돌려 보다가 그만뒀다. 나는 발로 바닥을 더듬어 러닝머신 발판에 가서 앉았다. 일단 숨을 돌리고 생각을 해 봐야 했다.

시간이 얼마나 지났는지, 몇 시쯤 됐는지 알 수 없었다. 대충 가늠해 보니 저녁 무렵이지 싶었다. 문틈으로 희미하게 새어 들어오던 빛은 이제 완전히 사라졌다. 하지만 멀고 희미하긴 해도 골목을 지나가는 채소 트럭의 방송 소리, 오토바이 소리, 대문 열리는 소리가 들렸다.

내가 창고에 갇힌 시간은 오후 2시에서 3시 사이였다. 그때부터 네 번 정도 대문이 열렸다. 한 무리의 사람들이 집에 들어왔다가 나가는 발소리를 들었다. 1층 거실과 주방에서 움직이는 발소리는 꽤 분명하게 들렸다. 2층으로 몰려 올라가는 소리도 구분할 수 있었다. 역시 희미하긴 하지만 2층 여기저기를 다니는 소리, 문을 여닫는 소리도 들렸다.

부동산에서 온 사람들이 아니고서야 여러 사람이 집 안을 몰려다닐 일은 없었다. 웅성거리는 소리도 들렸지만 아무리 귀를 쫑긋 세워도 무슨 말인지 알아듣기 힘들었다. 그들이 다시 돌아간 뒤로 시간이 한참 흘렀다.

삼촌이 창고로 올 수도 있다고 생각했다. 부동산에서 집을 보고 갈 동안만 나를 가뒀을지도 모른다. 내가 몇 번이나 훼방을 놓아서 일이 틀어졌다고 생각했을 것이다. 그래서 화가 치민 나머지 나를 잠시 가둬 둘 생각은 아니었을까. 나는 삼촌을 기다렸다. 하지만 창고 쪽으로 다가오는 발소리는 전혀 들리지 않았다.

덜컹.

대문 열리는 소리가 또렷이 들렸다. 잠시 뒤에 현관문이 열렸다 닫히는 소리가 울렸다. 그리고 집 안 계단을 쿵쿵쿵 뛰어오르는 소리가 이어졌다. 순지 같았다.

고함을 쳐 볼까? 뭐라도 집어 들고 창고 천장을 두드려 볼까? 아니면 벽을 쳐 볼까?

하지만 벽 치는 소리를 순지가 듣는다 해도 내가 지하 창고에서 보내는 신호라고는 생각하지 못할 것 같았다. 어릴 적 숨바꼭질할 때 숨곤 하던 지하 창고에 내가 갇혀 있다고 상상조차 할 수 없을 것이다.

가장 신경 쓰이는 건 자존심이었다. 내가 지하 창고에 갇혀 있다는 사실을 순지에게 들키고 싶지 않았다. 고모부와 삼촌이 나를 지하 창고에 가둔 일은 고모부와 삼촌의 수치인 동시에 내 수치이기도 했다. 나는 이런 일을 당해서는 안 되었다. 순지는 물론이고 그 누구에게도 내가 피해자가 되어 지하 창고에 갇혀 있는 꼴을 들키고 싶지 않았다. 나는 삼촌이 저지른 짓이니 삼촌이 와서 해결하기만을 기다렸다.

암흑 속에 가만히 웅크리고 앉아 집 안팎에서 나는 소리에 집중했다. 물 내리는 소리가 희미하게 들렸다. 1층 화장실이었다. 그렇다면 1층에 삼촌과 고모부가 있을까? 아니면 순지일까? 화장실 문 열리는 소리에 이어 거실을 가로지르는 발소리가 났다. 무겁게 찍는 발소리로 봐서 순지는 아닌 듯했다. 발소리는 안방 쪽으로 이어졌다. 도대체 안방에서 누가 뭘 하려는 걸까?

나는 모든 감각을 집중했다. 아주 작은 소리라도 놓치지 않으려고 기를 썼다. 하지만 소리들은 온통 뒤섞였다. 1층에서 들리는 소리인지 2층에서 들리는 소리인지 점점 구분하기 힘들어졌다.

시간이 더 지나자 모든 소리가 멈췄다. 이제 집 안에서는 아무 소리도 나지 않았다. 순지는 뭘 하고 있을까? 내가 있는지 없는지 확인하지는 않았을까? 순지와 나는 비슷한 일상을 보냈다. 순지가 학교에 있는 시간에 나도 학교에 있고, 순지가 집에 있는 시간에는 나도 대부분 집에 있었다. 순지가 집에 온 지 몇 시간이나 지났을 텐데, 내가 없어서 이상하게 생각하지는 않았을까?

어둠 속에서는 시간을 가늠하기가 힘들었다. 눈에 아무것도 보이지 않으니 변화도 느낄 수 없어서 시간의 흐름 또한 잡기 힘들었다. 내가 눈을 떴는지 감았는지마저 분간하기 힘들었다. 어둠이 피부로 스며드는 것만 같았다.

어둠이 점점 밀도를 높여 갔다. 익숙해질 만하면 어둠은 전보다 더 짙어졌다.

나는 차라리 눈을 감았다. 사방에서 들려오는 소리로 보아 밤이 꽤 깊은 듯했다. 아이들이 골목에서 뛰노는 소리, 채소나 생선이나 과일을 파는 트럭 소리, 배달 오토바이 소리, 그 밖에 근처 집들에서 흘러나오는 이런저런 소리들이 서서히 잦아들다가 어느 순간 끊겼다.

지금이 밤 11시 정도라면 지하 창고에 거의 여덟 시간이나 갇혀 있는 셈이었다. 어쩌면 순지가 나를 찾을지도 몰랐다. 나에게 전화해 봤을 수도 있다. 통화가 되지 않으면 삼촌이나 고모부에게 나에 관해 물어봤을지도 모른다. 그러면 삼촌과 고모부가 뭐라고 둘러댔을지 궁금했다. 고모부는 그렇다 치고 삼촌은 어떤 표정을 지을까.

그때 누군가 2층에서 아래층으로 내려오는 소리가 들렸다. 동시에 안방에서 누군가 나오는 소리도 들렸다. 뒤이어 현관문 열리는 소리가 났다. 몇 사람이 동시에 움직이는 것 같았다. 발소리들의 동선에 온 신경을 곤두세웠다. 현관을 나선 발소리는 거실 창 앞을 지나 안방 쪽 모퉁이를 돌았다. 분명 창고로 오고 있었다. 나는 벌떡 일어섰다.

덜컥.

계단실 문 열리는 소리가 났다. 고모부와 삼촌이 틀림없었다. 두 사람이 계단 몇 개를 내려오더니 작은 소란을 일으켰다. 의견이 맞지 않는지 내내 몸싸움을 하는 기척이었다. 그러다 드디어 창고 문이 열렸다.

"불도 안 켜고 뭐 해!"

삼촌 목소리였다. 삼촌이 서둘러 알전등을 찾아 달칵 비틀었다.

"불이 나갔네."

삼촌이 신경질적으로 스위치를 연거푸 비틀어 대더니 투덜거렸다.

"언제 터졌냐, 이거."

삼촌과 고모부도 곧 어둠에 익숙해졌다.

"생각 좀 해 봤냐."

고모부가 물었다. 나는 잠시 생각에 잠겼다. 일단 거짓말이라도 하고 창고에서 나가는 편이 나을지도 몰랐다. 하지만 나는 여전히 뻣뻣하게 서 있었다.

"어차피 너 혼자서는 이런 집을 건사도 못 해."

또 고모부였다. 삼촌은 망설이는 눈치였다. 뭘 망설이는 걸까. 집을 파는 일? 아니면 나를 여기 가둔 행동에 수치심을 느끼는 걸까?

고모부가 무슨 말을 하든, 어떤 생각을 하든 관심 없었다. 나는 삼촌을 바라보면서 말했다.

"집은 안 팝니다."

그러자 두 사람이 동시에 움찔하고는 잠시 나를 말없이 노려보았다. 마침내 삼촌이 입을 열었다.

"일단 올라가!"

그러자 고모부가 몸으로 문을 막았다. 삼촌이 사정하듯 말했다.

"애를 계속 여기 두면 어쩌자는 겁니까."

"애는 더 혼나 봐야 정신 차려!"

고모부 목소리가 격앙되었다. 그러자 삼촌이 소리쳤다.

"이런 식은 싫습니다! 애를 가둔다고 서류가 나옵니까? 경주 고집 알잖습니까!"

"이따위로 미지근하게 구니까 재가 자네를 우습게 보는 거라고!"

"그래도 이건 아니지 않습니까?"

삼촌이 고모부를 밀치고 내 쪽으로 한 걸음 들어섰다. 그러자 고모부가 삼촌을 막았다. 나는 두 사람을 쏘아보았다. 고모부를 밀치고 뛰쳐나갈 수도 있었다. 두 사람을 한꺼번에 밀치고 나갈 수도 있을 것 같았다. 그렇지만 묵묵히 버티고 서 있었다. 피해자가 되고 싶지 않았다. 도망치거나 사정하기보다는 지금 이 상황을 당당하게 해결하고 싶었다. 나는 약한 사람이 아니었다.

"얼른 문서나 내놔."

고모부가 다그쳤다. 내가 대답하지 않자 고모부가 내 쪽으로 나섰다. 그 순간 삼촌이 고모부 팔을 잡았다. 고모부는 삼촌 손을 거칠게 뿌리치고 말했다.

"일을 해결하고 싶기는 한 거야?"

"해결하긴 해야죠. 그래도 이건 아니잖아요."

"집을 팔고 싶긴 하냐고!"

삼촌은 답하지 않았다. 고모부가 계단 앞을 막아서면서 말했다.

"그렇다면 이제 방법은 하나야."

"뭡니까."

삼촌이 다시 고모부 팔을 붙들었다. 그러자 고모부가 내 쪽을 잠시 응시하더니 삼촌을 문밖으로 밀어냈다. 삼촌이 밀려 나가자 고모부도 재빨리 나가 문을 당겼다. 순식간에 두 사람과 나 사이에 다시 문이 닫혔다. 문을 단단히 고정하는 소리를 들으면서도 나는 잠자코 있었다. 몸이 굳어버린 것 같았다. 나는 시멘트로 세운 기둥처럼 버티고 서서 문밖에서 들려오는 소리에 귀를 기울였다.

고모부와 삼촌이 몸싸움하는 소리가 잠깐 나다가 가라앉았다. 한껏 낮춘 고모부 목소리가 들렸다.

"쓸모없게 만들어야지."

"뭘 쓸모없게 만들어요?"

"금치산자 몰라?"

"금치산자요?"

"그래. 정신 병원에 넣어야지. 정신이 온전치 않은 애로 만들면 자네가 권리를 행사할 수 있을 거 아냐!"

"뭐요?"

삼촌이 버럭 반발하자 고모부가 삼촌을 제지했다.

"오래는 아니고, 잠시만, 자네 일이 성사될 때까지만 그렇게 하자는 거지."

"경주를 정신병자로 만들자는 얘기예요?"

"그거야 재가 자초한 일이지. 진즉 말을 들었으면 우리가 이렇게까지 할 필요가 있었겠어? 어린 게 재산을 틀어쥐고 앉아서 못 내놓겠다고 고집을 피우다니, 그게 정신병자가 아니면 뭐야?"

"지금 그 말, 제정신으로 한 말입니까?"

말은 그렇게 했지만 삼촌은 고모부에게 설득당한 듯했

다. 형식적인 방어만 느껴졌다. 고모부가 하려는 일이 삼촌 책임은 아니라는 뜻을 나에게 전하려는 연극 같다는 생각마저 들었다. 잠시 조용하다가 삼촌과 고모부가 작은 몸싸움을 하는 소리가 또 들렸다. 그러면서 계단을 몇 개 올라간 것 같았다. 삼촌 목소리가 다시 들렸다.

"집 팔자고 애를 정신병자 만드는 짓은 못 해요!"

두 사람의 몸이 벽에 부딪히는 소리가 나더니 고모부 목소리가 들렸다.

"시작은 자네가 했잖아! 무슨 수를 써서라도 이 집을 팔아야 한다고 먼저 나댄 사람은 자네라고!"

"그래서 겨우 내놓은 방법이 조카 정신 병원 보내기입니까?"

"어차피 피 묻은 집이라고 난리 친 쪽은 자네 아닌가?"

"뭐? 피 묻은 집?"

"장인이 친구 속여서 빼앗은 집이라고, 친구라는 양반이 칼 들고 설쳐 대는 바람에 자네가 다치기까지 한 집이라고, 핏대 올리면서 나한테 먼저 들이댄 거 잊었어?"

"그렇다고 애를 정신병자로 만들어? 더러운 자식이!"

"더러운 건 너야. 아버지 덕에 여태 잘 먹고 잘 살았으면 이제라도 정신을 차려야지!"

"그러는 넌, 말로는 장인어른 어쩌고 하면서 매일 한다는 소리가 돈 달라는 소리 아니었어?"

"다 집어치우고 잘 들어. 순지 엄마도 이 집에 권한이 있어!"

"걔는 또 왜 끌어들여?"

"나는 이 일에 상관없어도 순지하고 순지 엄마는 상관있다는 것만 알아 두라고!"

두 사람은 험한 말을 주고받으면서 조금씩 계단을 올랐다. 그리고 마침내 계단실 문이 닫혔다.

6

나는 다시 어둠 속에 갇혔다. 그렇지만 기약 없는 어둠은 아니라고 생각했다. 최악이라 해 봤자 며칠이면 창고에서 나가겠지. 그들이 나를 죽이거나 실종 신고를 할 계획이 아니고서야 나를 계속 지하 창고에 가둬 놓지는 않을 것이다. 어쨌든 모든 서류는 나에게 있고, 삼촌과 고모부는 그 서류가 필요하다. 삼촌과 고모부도 어둠 속에 갇히기는 매한가지였다.

순지와 고모가 내가 지하 창고에 갇혔다는 사실을 알고 있는지가 제일 궁금했다. 절대 그럴 리는 없겠지만 '어쩌면'이라는 생각이 떠올랐다. 순지는 모를 확률이 높지만, 고모는 알고 있을지도 몰랐다. 그래서 나를 찾는 순지에게 고모가 핑계를 댔을 수도 있다. 심부름을 보냈다거나, 친구나 친척 집에 다녀오라고 허락했다며 둘러대고는 순지가 없는 틈에 나를 정신 병원으로 데려갈 계획인지도 모른다. 정신 병원에 간다 해도 어쨌든 여기서 나갈 수는 있겠지.

나는 귀를 기울이지 않고도 밖에서 나는 소리에 저절로 집중했다. 듣기 말고는 할 수 있는 일이 없었다. 집 안에서는 별다른 소리가 나지 않았다. 멀리서 들려오던 개 짖는 소리도 더는 들리지 않았다. 잦아들던 풀벌레 소리도 이제 없었다. 세상이 온통 잠든 것만 같았다.

러닝 머신 발판을 손바닥으로 조심스레 쓸어 보고는 그 위에 웅크리고 누웠다. 갑자기 피곤이 몰려왔다. 금방이라도 잠에 빠져들 것만 같았다. 나는 잠들지 않으려고 옆으로 누웠다가 다시 돌아누웠다. 그래도 잠이 쏟아졌다. 이런 상황에서도 걷잡을 수 없이 잠이 오다니 정말 이상했다.

꿈속인지 아닌지 분간하기 힘든 순간이었다. 계단실 문

이 슬며시 열리는 소리가 났다. 몹시 조용했지만 분명히 계단실 문소리였다. 나는 일어나 창고 문 앞으로 다가갔다. 계단을 내려오는 소리는 들리지 않았다. 문틈이 벌어져 있어서 바람이나 고양이 때문에 열렸을까? 문을 연 사람이 삼촌이나 고모부는 아닐 것 같았다.

온 정신을 집중해 귀를 기울였지만 이제 아무 소리도 나지 않았다. 그런데 누군가 계단 위에 서서 창고 문을 내려다보는 것만 같은 느낌이 들었다. 누굴까? 삼촌일까? 고모부? 문을 두드려 볼까?

나는 문을 두어 번 통통 치다가 그만두었다. 문밖에 있는 사람이 삼촌이나 고모부라면 내가 문을 두드려 봐야 열어 주지는 않을 테니까.

시간이 조금 더 흐르고 희미한 발소리가 들렸다. 계단을 내려오는 소리가 아니라 정원에서 나는 소리였다. 누군가 모퉁이를 돌아 계단실 쪽으로 다가오고 있었다. 누군지는 몰라도 조심스러운 발소리였다.

"할머니."

순지 목소리였다. 순지가 소리를 한껏 낮춰 할머니를 불렀다. 그 순간 나는 창고 문을 세게 두드렸다. 나는 온 힘을 다해 문을 두드리면서 소리 높여 외쳤다.

"순지야!"

드디어 문이 열렸다. 어둠 속에서 희미하게 순지의 모습이 드러났다. 그리고 순지 뒤로 성이 할머니가 보였다.

계단실에서 나왔을 때 고모부와 삼촌이 뛰어왔다. 우리는 아무 말도 못 하고 서로 바라보고만 있었다. 순지가 먼저 말문을 열었다.

"경주가 왜 지하 창고에 있어요?"

그러자 앞으로 나서려는 삼촌을 고모부가 붙잡고는 속삭였다.

"일단 안으로 들어가서 얘기하자고."

삼촌이 고모부에게 끌려가다시피 모퉁이를 돌아 나가는 모습을 보며 성이 할머니가 중얼거렸다.

"이만 가련다."

순지와 나는 성이 할머니 곁에 바싹 붙어서 천천히 걸었다. 순지가 휴대폰을 꺼내 어딘가로 문자를 보냈다. 성이에게 보내는 것 같았다. 우리가 뒤꼍에서 나와 정원을 가로질러 대문 쪽으로 나서자, 현관 앞에 있던 고모부가 순지에게 물었다.

"넌 어디 가냐?"

순지가 걸음을 멈추고 잠시 섰다가 답했다.

"할머니 모셔다 드리고 와야죠."

성이 할머니가 조금 열린 대문을 젖히고 밖으로 나섰다. 대각선 방향에 서 있는 가로등 불빛이 대문 안으로 길게 밀려 들어왔다. 대문간에 선 할머니 그림자도 불빛에 따라 길게 늘어졌다.

저 멀리 성이가 뛰어오는 모습이 보였다.

"번번이 미안하다."

숨을 헐떡이면서 우리 앞에 선 성이 얼굴을 할머니가 쓰다듬으며 말했다.

"이제 고만 가자."

성이가 할머니 어깨를 감싸 안고 돌아서서 말했다.

"정신이 멀쩡하실 때면 너희 할머니가 보고 싶다는 소리를 자주 하셔. 그래서 자꾸 여기에 오시나 봐."

할머니와 성이가 한 사람처럼 얼싸안고 가는 모습을 한참 지켜보았다. 성이와 할머니가 골목을 꺾어져 들어가자 순지와 나는 서로를 바라보았다. 그리고 누가 먼저랄 것도 없이 반대편 길로 방향을 돌렸다.

"지금 몇 시야?"

내가 물었다. 순지는 새벽 2시가 막 지났다고 답했다. 한동안 더 걷다가 순지가 물었다.

"거기에 얼마나 있었어?"

나는 답하지 않았다. 별로 중요한 얘기가 아니라고 생각했기 때문이다. 한참 더 걸어 나가다가 놀이터가 보이자 순지가 불쑥 입을 열었다.

"미안해."

그 말에도 답하지 않았다. 역시 크게 중요하지 않은 것 같았다.

잠자코 걷다가 순지가 그날 저녁에 무슨 일이 있었는지 이야기해 주었다.

순지는 내가 집에 없다는 사실을 알았지만 굳이 연락하지 않았다. 방학 보충도 끝났으니 친구들과 어울리려니 했다고 한다. 그런데 밤늦도록 내가 집에 오지 않자 순지는 내 휴대폰으로 문자를 보냈고, 역시 답이 없었다. 그게 밤 11시쯤이었다. 순지는 아래층으로 내려와 내 방문을 열었지만 거기에 나는 없었다. 내가 어릴 때 쓰던 방에도 없는 걸 확인하고 다시 2층으로 뛰어 올라가 삼촌 방문을 두드렸다. 삼촌과 고모부가 그 방에서 맥주를 마시고 있었다. 내 소식을 묻자 삼촌은 내일 온다는 연락을 받았다며 걱정하지 말고 가서 자라고만 했다.

삼촌이 내 소식을 알고 있어서 조금 안심한 순지는 방으로 돌아와 자리에 누웠다. 그리고 잠이 들었는데 전화벨 소리에 깼다. 성이였다. 성이가 내 휴대폰으로 전화를 걸었지만 받지 않아서 순지에게 연락했던 것이다. 성이가 다급히 전화한 이유는 할머니 때문이었다. 성이 할머니가 우리 정원에 들어와 있을지도 모르니 살펴봐 달라는 말에 나와 보니 대문 틈이 미세하게 벌어져 있었다. 순지는 성이 할머니가 대문 안으로 들어왔다고 생각하고 여기저기 살피다가 지하 창고 쪽 모퉁이를 돌았다. 그리고 활짝 열린 계단실 문 앞에 서 있는 성이 할머니를 발견했다고 했다.

나는 창고에 갇힌 일에 대해 아무 말도 하지 않았다. 말할 필요가 없는 일은 말하지 않는 편이 나았다.

순지와 나는 동네를 한 바퀴 돌아 다시 집 앞에 올 때까지 말없이 걸었다. 더 할 말도, 하고 싶은 말도 없었다.

지하 창고 사건이 있던 날 이후로 고모부를 직접 본 적

은 없다. 고모부는 사건이 벌어진 이튿날 떠났다. 조용히 떠나지는 않았다. 고모와 고모부, 삼촌, 세 사람이 주방에서 한바탕 요란하게 싸웠다.

그날 새벽, 나는 엉망으로 어질러진 안방에 들어갈 엄두가 나지 않아 어릴 적 내가 쓰던 작은방에서 잠을 청했다. 내가 주방과 가까운 그 방에 있다는 사실을 알았다면 고모와 삼촌이 그렇게까지 서로를 향해 아무 말이나 던지지는 않았을 것이다. 그런데 지금 돌이켜 보면, 다른 사람은 몰라도 고모는 나에게 들리게끔 일부러 그랬다는 생각이 들곤 한다.

그날 아침 세 사람이 서로를 향해 던진 말들은 대부분 내가 알고 있거나 짐작할 만한 이야기였다. 하지만 처음 듣는 이야기도 있었다. 우리 부모님 이야기였다.

나와 순지가 태어날 무렵, 우리 부모님과 고모네 식구는 가까이 살았다고 들었다. 고모와 우리 엄마는 친구이기도 해서 서로 자주 아이를 봐 주고 함께 어울렸다. 그 무렵 아버지는 할아버지 집으로 들어갈 준비를 하고 있었다.

아버지와 할아버지는 사이가 좋지 않았다. 아버지는 대학에 입학하면서 집을 나온 뒤로 줄곧 따로 살았다. 아버지도 할아버지가 이 집을 차지하게 된 사정을 알고는 실망

했고, 결국 두 사람은 관계가 나빠졌다. 그러다가 우리 부모님이 결혼하고 내가 태어나면서 앙금이 풀렸다고 들었다. 할아버지와 아버지가 어떻게 마음을 풀었는지는 모르지만, 내가 세 살 되던 무렵에는 집으로 들어갈 결심이 설 만큼 가까워졌다. 이사를 앞둔 어느 날, 부모님은 급한 일이 생겼다면서 나를 고모에게 맡기고 집을 나섰다. 바로 그날 밤에 자동차 사고가 났고, 그 일로 부모님 모두 돌아가셨다.

그런데 고모는 우리 부모님이 서둘러 길을 나선 그 급한 일이 삼촌과 관계있다는 말을 꺼냈다. 삼촌이 우리 부모님을 불러내지 않았다면 그 밤에 서두를 일도 없었을 테고, 어이없는 사고를 당하지도 않았을 거라는 말이었다. 거기에 덧붙여 삼촌이 우리 부모님을 그렇게 몰아붙인 이유를 짐작한다고 했다.

고모 말에 따르면 삼촌은 우리 아버지와 할아버지 사이가 다시 좋아져서 불만이었다. 오래전 삼촌이 핏값을 치른 뒤부터 할아버지는 삼촌이 요구하는 일이면 뭐든 들어주었다. 그런데 아버지가 집으로 들어가면 삼촌이 할아버지 재산을 마음대로 하기 힘들어질 거라 여겨서 그런 사고를 조장했다고 고모는 추측했다.

"그건 오해야!"

삼촌이 외쳤다.

하지만 고모부도 고모의 의견에 동조했다. 고모부가 기억하는 우리 아버지는 할아버지와 척을 지면서도 삼촌을 걱정했다. 삼촌이 어린 시절의 사고 때문에 받는 고통을 염려해 삼촌 일이라면 발 벗고 나서서 해결해 주었다.

고모는 삼촌 전화가 아니라면 우리 아버지가 밤에 급히 서두를 일이 무엇이겠냐고 했다. 운전면허가 없는 아버지가 어머니에게 운전을 부탁하면서까지 길을 나서게 할 사람은 삼촌뿐이라고 다그쳤다.

삼촌은 오해라는 말을 거듭하던 끝에 이렇게 말했다.

"형한테 전화한 건 사실이지만, 사고는 생각지도 못한 일이야."

"생각지도 못한 일 때문에 경주는 고아가 됐어! 그 일 때문에 아버지가 이 집을 굳이 경주 몫으로 남겼다는 걸 모르겠어?"

고모가 고함치자 삼촌이 말했다.

"나도 피해자야! 아무 잘못도 없는 피해자라고!"

"언제까지 피해자 노릇 할 건데!"

고모는 삼촌이 어릴 때 사건을 핑계로 주변의 모든 사

람을 가해자로 만들었다고 했다. 자기만 피해자인 양 떼쓰면서 살다가 결국 삼촌 스스로도 가해자가 되어 버렸다고 쏘아붙였다.

"오빠 때문에 우리 순지랑 내 인생도 꼬였다는 것만 알아 둬. 억지 그만 부리고 이제 경주는 내버려 두라고!"

고모 말에 고모부와 삼촌은 당장 반발했다. 그러자 고모가 두 사람의 입을 막는 결정적인 말을 꺼냈다.

"이 집에서 떠나지 않으면 경찰에 신고할 거야! 이번 일을 다 말할 거라고!"

그러자 삼촌이 답했다.

"신고? 아버지도 못 했는데 네가 할 수 있겠어?"

그 말에 고모는 천천히 답했다.

"아버지는 못 했어도 나는 할 수 있어."

세 사람은 잠시 아무 말 없이 주방 안을 서성였다. 어떻게 할지 결정을 못 내렸는지, 다른 계획을 생각 중인지는 알 수 없었다. 하지만 고모가 순지와 나를 지키려고 애쓰는 것만은 확실히 느꼈다. 고모가 왜 마음을 돌렸는지는 몰라도, 그때의 나는 고모밖에 의지할 사람이 없었다.

나는 천천히 일어나 방문을 열고 나왔다.

"그 방에 있었니?"

고모가 말을 건넸다. 동시에 고모부가 성난 발걸음으로 주방을 빠져나가 2층으로 올라갔다. 삼촌은 잠시 머뭇거리며 나를 보더니 고모부 뒤를 따라갔다. 고모가 이제 그만하자는 손짓을 보내면서 2층으로 올라갔다. 그제야 지독한 목마름을 느꼈다.

나는 안방으로 돌아왔다. 안방은 사정없이 어질러져 있었다. 삼촌과 고모부가 서류를 찾으려고 구석구석 뒤졌을 것이다. 하지만 서류를 찾을 수는 없다. 찾아도 소용없는 것을 찾으려 애쓴 두 사람의 마음은 잔뜩 어질러진 안방과 닮았다.

아무 감정도 느끼지 못한 채 어질러진 방을 천천히 정리했다. 널브러진 물건을 제자리에 두고 서랍 안을 정돈할 때였다. 현관문 열리는 소리가 거셌다. 창을 내다보니 고모부가 나가고 있었다. 집에 올 때 입었던 옷을 입고 들고 왔던 가방을 어깨에 걸친 채였다. 가방끈은 고쳤거나 대충 묶었겠지.

고모부는 뒤를 돌아보지 않았다. 어쩌면 내가 창문으로 보고 있다는 사실을 알았을지도 모른다. 고모부가 대문 밖으로 나간 뒤, 2층 테라스에서 누군가 안으로 들어가는 기척이 났다. 순지였을 것이다. 삼촌이었을 수도 있다.

8

고모부가 떠난 뒤, 삼촌은 같이 살고는 있지만 얼굴을 보이지는 않았다. 삼촌은 내가 주방에 있으면 주방으로 들어오지 않았고, 내가 정원에 있으면 테라스에조차 나오지 않았다. 삼촌과 서로 얼굴을 마주치지 않는 것만 빼면 일상은 평온하게 흘러가고 있었다.

나는 느지막이 일어나 고모가 차려 두고 간 밥을 먹었다. 순지와 같이 먹을 때도 삼촌 이야기는 서로 꺼내지 않았다. 조용한 가운데 여름이 천천히 지나가고 있었다.

창고 사건 뒤로 순지와 나는 조금 서먹해졌다. 그 이유를 순지도 나도 알고 있었다. 누구든 이 불편함을 깰 용기를 내야 했다. 먼저 용기를 낸 사람은 순지였다.

어느 저녁, 우리는 현관 앞 계단에 나란히 앉았다. 나는 순지가 고모부 대신 미안하다는 말을 할까 봐 긴장했다. 내가 삼촌 때문에 성이 앞에서 공연히 주눅 드는 것처럼 순지도 그럴지 몰랐다. 그런데 순지는 이렇게 말했다.

"나는 우리 아버지가 나쁜 사람이라고는 생각하지 않아. 나쁜 일을 한 번 저지른 사람이지. 이미 저지른 일을 돌이킬 수는 없지만, 그게 전부는 아니야."

순지는 그사이 많은 생각을 하고, 고모부와도 이야기를 나누었다. 그런 뒤에 고모부를 나쁜 사람으로 여기지 않기로 마음먹었다고 한다.

순지는 고모부가 살아오면서 단 한 번도 성공한 적이 없다고 했다. 지금껏 온갖 애를 써 왔지만 하는 일이 잘 풀린 적은 없었다. 고모와 순지를 최악의 상황에 빠뜨리기까지 했다. 그래서 이번 일을 아주 중요하게 생각했다. 이 집을 팔아서 고모와 순지에게 조금이나마 발판을 만들어 주고 싶었던 것이다. 무엇보다 삼촌이 있는 한 이 집을 지키기는 힘들 테니, 고모부는 자기가 나서서 모두에게 공평한 결과를 얻게 할 작정이었다. 그게 모두를 위해 더 나은 일이라 생각했다고 한다.

"그게 아빠한테 주어진 역할이라고 생각했대."

만약 고모부가 오지 않았더라면, 고모부가 그렇게까지 일을 몰고 가지 않았더라면 어땠을까. 어쩌면 삼촌은 언제까지고 집을 빌미 삼아 나를 괴롭히고, 나는 그런 삼촌을 견뎌야 했을지 모른다. 그렇게 평생을 살 수도 있었다.

"아빠는 나쁜 일을 한 번 한 거야. 그래도 나쁜 사람은 아니야."

순지는 속으로 몇 번이고 되새겨 보았을 생각을 군더더기 없이 천천히 말로 옮겼다. 나는 순지 말을 가만히 듣고 있었다.

지하 창고의 어둠 속에서, 뭔가를 조금 밀고 나아간 듯한 느낌이 들었다. 언젠가 할아버지가 말했다시피 나쁜 일이 꼭 나쁜 결과를 가져오지는 않으며, 좋은 일이 반드시 좋은 결과를 가져오지도 않는다. 이해하기 어려웠던 그 말을 이제 조금은 이해할 수 있었다.

"아빠는 그렇게 하는 편이 더 낫다고 생각했어."

순지의 말에 내가 답했다.

"나는 내가 더 낫다고 생각하는 일을 했고."

그러자 순지가 조금 웃었다. 그 웃음과 함께 가슴속 깊이 자리 잡았던 답답함을 조금 털어 낸 기분이었다. 순지와 나는 일어서서 가슴을 펴고 몇 번 가볍게 움직이다가 누가 먼저랄 것도 없이 집 안으로 뛰어 들어갔다. 저녁 먹을 시간이 한참 지나 있었다.

고모부는 고모부 스스로 더 낫다고 생각하는 일을 했고, 나는 나 스스로 더 낫다고 생각하는 일을 했다. 저마다 더 낫다고 여기는 일이 서로 충돌할 때 어떻게 질서를 세워야 할지 아직은 잘 모르겠다. 하지만 머지않은 날에 순지와 나는 그런 일에 관해 생각하게 될 것이다.

*

개학을 앞둔 어느 저녁 무렵이었다. 삼촌이 정원에 나와 서성이고 있어서 방에 불을 켜지 않았다. 지하 창고 사건이 있던 날부터 삼촌은 줄곧 나를 피했다. 되도록 내 눈에 띄지 않으려는 모양이었다.

며칠 뒤 저녁에도 삼촌이 정원에 나와 있었다. 어두운 방 안에서 나는 삼촌을 내다보았다. 나는 삼촌 팔에 난 상처를 본 적이 있다. 아주 어릴 때였다.

"팔이 왜 이래요?"

내 물음에 삼촌이 자랑스러운 듯이 답했다.

"전쟁에 나갔다가 다친 상처야."

그때 삼촌 말을 듣고 나는 전쟁이 흔한 줄 알았다. 어른이 되면 당연히 전쟁에 나가야 한다고도 생각했다. 그리고 전쟁이 남긴 상처가 자랑스러워 보였다. 그러고 보니 삼촌에게 실망하기 전에는 삼촌을 자랑스러워했던 것 같다. 너무 어린 시절 얘기라 잊었을 뿐이었다.

나는 방에서 나와 현관문을 열고 삼촌이 있는 라일락 군락으로 다가갔다. 삼촌이 잎이 무성한 나뭇가지 하나를 잡아당겼다가 손을 떼면서 말했다.

"야, 이거 내년에는 꽃이 굉장하겠어."

"가지치기 좀 해야겠어요."

"그냥 두지."

"왜요?"

"원시림 같고 좋기만 한데."

"그래도 좀 손보긴 해야죠."

내가 답하자 삼촌이 나를 물끄러미 바라보았다.

삼촌은 집 팔기를 포기했다. 고모부가 떠난 뒤에 삼촌은 그동안 집을 팔려고 벌여 놓았던 일을 수습해 나갔다. 삼촌이 직접 말하지는 않았지만 고모를 통해 알 수 있었다.

"나는 옛날부터 네가 제일 무섭더라."

삼촌이 문득 생각났다는 듯이 말했다. 내가 물었다.

"할아버지나 할머니가 아니고요?"

"난 네가 무서웠어. 너한테만큼은 잘 보이고 싶더라고."

"왜요?"

"어쩌면 네가 나의 다음이기 때문이겠지. 자기 뒤에 오는 사람은 두렵기 마련이니까. 그래서 네 할아버지도 나를 두려워하신 거 같고."

"할아버지가 삼촌을 두려워하셨어요?"

"몰랐어?"

"할아버지는 그냥 삼촌한테 실망하신 줄 알았는데요."

"실망도 했지. 하지만 그보다도 아버지는 나를 잘 알고 계셨어. 어쩌면 나보다 나를 더 잘 아셨을 수도 있고."

"할아버지가 삼촌을 삼촌보다 더 잘 아셨다고요?"

"그래. 내가 뭘 감추고 사는지 아버지는 훤히 보셨지. 내가 당한 일 때문에 처음에는 분노하다가 차츰 거기에 기대어 산다는 사실을 아버지도 알고 계셨어."

"나쁜 일에도 기대어 살아요?"

"나는 그 일을 핑계 삼아 여태 함부로 살아왔어. 너는 이번 일을 핑계 삼지 말아야지. 넌 나보다 나아야 하니까."

그 말을 하면서 삼촌이 나를 가만히 보았다. 그러고는 고개를 돌리며 말을 이었다.

"넌 할아버지를 많이 닮았어. 나도 닮았고. 하지만 너는 할아버지도 아니고 나도 아니야. 너는 네 할 일을 하면서 살아."

"무슨 할 일이요?"

그러자 삼촌이 슬며시 웃었다. 어두웠지만 삼촌의 미소가 느껴졌다. 삼촌과 나는 잠시 묵묵히 서 있었다. 삼촌이 한 걸음 앞으로 나가 섰다.

"형이 그렇게 죽지만 않았다면 나는 어쩌면 더 일찍 마음을 풀었을지도 모르겠다."

그 말을 하면서 삼촌이 발끝으로 땅을 툭툭 찼다. 나는 삼촌 발끝을 내려다보았다. 한참 바닥을 차던 삼촌이 차올린 흙을 발끝으로 다독였다. 그러고는 허리를 쭉 폈다.

삼촌과 나는 천천히 집과 정원을 둘러보았다. 집은 어둠에 묻혀 가고 있었다. 그렇지만 마냥 검기만 한 어둠은 아니었다. 짙은 초록에 가까운 어둠이었다.

그랬다. 그건 어둠이 아니라 여름의 색이었다. 어릴 때부터 수없이 보아 온 여름의 한순간이었다.

삼촌과 나는 여름의 질서 속에 한참을 고요히 서 있었다. 삼촌이 어깨를 한 번 들썩이더니, 비밀이라도 말하듯 나지막하게 속삭였다.

"내가 잘못했다."

삼촌은 바지 주머니에 양손을 찔러 넣고 현관을 향해 돌아섰다.

며칠 뒤, 삼촌은 집을 나갔다. 그리고 얼마 뒤에 돌아왔다. 잠시 머무르다가 어느 날 또 집을 떠났다. 그러다 궁금해질 만하면 다시 왔다. 삼촌은 이 집에 살지는 않았지만 이 집을 아주 떠난 것도 아니었다. 아무 때나 불쑥 왔다가 언제든 가곤 했다.

나는 가끔 그 여름날 밤의 삼촌처럼 라일락 군락 아래를 서성인다. 삼촌은 풀지 못한 마음 때문에 무너졌다. 나에게도 잊을 수 없는 상처를 남겼다.

그렇지만 그런 삼촌도 나도 시간이 되면 다시 돌아오는 여름의 질서 안에 있다. 그 질서가 삼촌과 내 마음을 다독인다.

작가의 말

어떤 이야기는 마음에 들어오면 곧바로 써진다. 또 어떤 이야기는 마음에 들어온 뒤에 오랜 시간을 보내야 써지기도 한다. 이번 이야기가 내 마음에 들어온 지는 거의 20년 가까이 되었다.

아주 오래전에 나는『나로 만든 집』의 기초가 된 단편을 썼다. 그때 쓴 짧은 이야기는 나 혼자만 꺼내서 읽는 이야기로 남아 있었다. 여러 이유로 혼자만 간직하고 있는 이야기들이 있다. 이번 이야기도 그런 이야기들 가운데 하나로 영영 남을 줄 알았다.

숨겨 두었던 원고를 출판사에 넘길 수 있으려면 용기가 필요하다. 그동안 용기를 낼 수 없었던 데는 여러 이유가 있다. 혼자 보려고 쓴 짧은 이야기가 너무 지독했던 것이 이유 가운데 하나였다. 오래전 분노에 휩싸여 썼던 이야기에는 한 치의 긍정도 없었다. 오직 현실적인 잔인함이 그대로 담겼기에 더욱 숨겨야 했다.

그런데 뜻밖의 마음이 숨겨 둔 이야기를 다시 꺼낼 용기를 불러일으켰다. 삭막했던 이야기를 다시 읽어 나가면서 예전에는 몰랐던, 담담히 숨어 있던 인물의 진실을 엿

볼 수 있었다. 한 단어로 말하기는 벅차지만, 그것은 '긍정'이었다. 차가운 현실을 살아가는 인물과 그가 품은 세상에 대한 긍정을 나는 오랫동안 알아채지 못하고 있었다.

인물이 품고 있던 긍정은 다르게 말하면 겸손과 같은 마음이 아니었을까? 자신 앞에 펼쳐진 현실에 대한 원망과 분노를 이겨 내고 살아갈 수 있게 하는 힘은 결국 자신의 아픔만 고집스럽게 붙들지 않고, 타인을 있는 그대로 받아들이는 마음일 테니. 희미하지만 결국 드러내고 마는 마음의 한 부분인 '겸손'이 어쩌면 이 소설의 자리인지도 모른다.

정성을 다해 원고를 살펴 주신 우리학교 출판사 여러분께 깊이 감사드린다.

2021년 12월

박영란

나로 만든 집

초판 1쇄 펴낸날 2021년 12월 06일
초판 2쇄 펴낸날 2022년 03월 02일

지은이 박영란
펴낸이 홍지연

편집 고영완 정아름 김선현 전희선 조어진
디자인 전나리 박태연 박해연
마케팅 강점원 최은 이희연
경영지원 정상희

펴낸곳 ㈜우리학교
출판등록 제313-2009-26호(2009년 1월 5일)
주소 03992 서울시 마포구 동교로23길 32 2층
전화 02-6012-6094
팩스 02-6012-6092
홈페이지 www.woorischool.co.kr
이메일 woorischool@naver.com

ISBN 979-11-6755-025-5 43810